副刊文丛 主编 李辉 王刘纯

多味斋

周舒艺 编

中原出版传媒集团
大地传媒
大象出版社
·郑州·

图书在版编目(CIP)数据

多味斋 / 周舒艺编.— 郑州 : 大象出版社,
2017. 1
(副刊文丛 / 李辉, 王刘纯主编)
ISBN 978-7-5347-8474-3

Ⅰ. ①多… Ⅱ. ①周… Ⅲ. ①随笔—作品集—中国—
当代 Ⅳ. ①I267. 1

中国版本图书馆 CIP 数据核字(2016)第 282385 号

多味斋

周舒艺 编

出 版 人 王刘纯
项目统筹 李光洁 成 艳
责任编辑 杨 倩
责任校对 安德华
书籍设计 段 旭

出版发行 大象出版社(郑州市开元路 16 号 邮政编码 450044)
发行科 0371-63863551 总编室 0371-65597936
网 址 www.daxiang.cn
印 刷 北京汇林印务有限公司
经 销 各地新华书店经销
开 本 787mm×1092mm 1/32
印 张 9.5
版 次 2017 年 1 月第 1 版 2017 年 1 月第 1 次印刷
定 价 35.00 元

印厂地址 北京市大兴区黄村镇南六环磁各庄立交桥南 200 米(中轴路东侧)
邮政编码 102600 电话 010-61264834

“副刊文丛”总序

李　辉

设想编一套“副刊文丛”的念头由来已久。

中文报纸副刊历史可谓悠久，迄今已有百年行程。副刊为中文报纸的一大特色。自近代中国报纸诞生之后，几乎所有报纸都有不同类型、不同风格的副刊。在出版业尚不发达之际，精彩纷呈的副刊版面，几乎成为作者与读者之间最为便利的交流平台。百年间，副刊上发表过多少重要作品，培养过多少作家，若要认真统计，颇为不易。

“五四新文学”兴起，报纸副刊一时间成为重要作家与重要作品率先亮相的舞台，从鲁迅的小说《阿Q正传》、郭沫若的诗歌《女神》，到巴金的小说《家》等均是在北京、上海的报纸副刊上发表，从而产生广泛影响的。随着各类出版社雨后春笋般出现，杂志、书籍与报纸副刊渐次形成三足鼎立的局面，但是，不同区域或大小城市，都有不同类型的报纸副刊，因而形成不同层面的读者群，在与读者建立直接和广泛的联系方面，多年来报纸副刊一直占据优势。近些年，随着电视、网络等新兴媒体的崛起，报纸副刊的优势以及影响力开始减弱，长期以来副刊作为阵地培养作家的方式，也随之隐退，风光不再。

尽管如此，就报纸而言，副刊依旧具有稳定性，所刊文章更注重深度而非时效性。在电台、电视、网络、微信等新闻爆炸性滚动播出的当下，报纸的所谓新闻效应早已滞后，无法与昔日同日而语。在我看来，唯有副刊之类的版面，侧重于独家深度文章，侧重于作者不同角度的发现，才能与其他媒体相抗衡。或者说，只有副刊版面发表的不太注重新闻时效的文章，才足以让读者静下心，选择合适时间品茗细读，与之达到心领神会的交融。这或许才是一份报纸在新闻之外能够带给读者的最佳阅读体验。

1982年自复旦大学毕业，我进入报社，先是编辑《北京晚报》副刊《五色土》，后是编辑《人民日报》副刊《大地》，长达三十四年的光阴，几乎都是在编辑副刊。除了编辑副刊，我还在《中国青年报》《新民晚报》《南方周末》等的副刊上，开设了多年个人专栏。副刊与我，可谓不离不弃。编辑副刊三十余年，有幸与不少前辈文人交往，而他们中间的不少人，都曾编辑过副刊，如夏衍、沈从文、萧乾、刘北汜、吴祖光、郁风、柯灵、黄裳、袁鹰、姜德明等。在不同时期的这些前辈编辑那里，我感受着百年之间中国报纸副刊的斑斓景象与编辑情怀。

行将退休，编辑一套“副刊文丛”的想法愈加强烈。尽管面临互联网等新媒体方式的挑战，不少报纸副刊如今仍以其稳定性、原创性、丰富性等特点，坚守着文化品位和文化传承。一大批副刊编辑，不急不躁，沉着坚韧，以各自的才华和眼光，既编辑好不同精品专栏，又笔耕不辍，佳作迭出。鉴于此，我觉得有必要将中国各地报纸副刊的作品，以不同编辑方式予以整合，集中呈现，使纸媒副刊作品，在与新媒体的博弈中，以出版物的形式，留存历史，留存文化。这样，便于日后人们可以借这套丛书，领略中文报纸副刊（包括海外）曾经拥有过的丰富景象。

“副刊文丛”设想以两种类型出版，每年大约出版二十种。

第一类：精品栏目荟萃。约请各地中文报纸副刊，挑选精品专栏若干编选，涵盖文化、人物、历史、美术、收藏等领域。

第二类：个人作品精选。副刊编辑、在副刊开设个人专栏的作者，人才济济，各有专长，可从中挑选若干，编辑个人作品集。

初步计划先从20世纪80年代开始编选，然后，再往前延伸，直到“五四新文学”时期。如能坚持多年，相信能大致呈现中国报纸副刊的重要成果。

将这一想法与大象出版社社长王刘纯兄沟通，得到王兄的大力支持。如此大规模的一套“副刊文丛”，只有得到大象出版社各位同人的鼎力相助，构想才有一个落地的坚实平台。与大象出版社合作二十年，友情笃深，感谢历届社长和编辑们对我的支持，一直感觉自己仿佛早已是他们中间的一员。

在开始编选“副刊文丛”过程中，得到不少前辈与友人的支持。感谢王刘纯兄应允与我一起担任丛书主编，感谢袁鹰、姜德明两位副刊前辈同意出任“副刊文丛”的顾问，感谢姜德明先生为我编选的《副刊面面观》一书写序……

特别感谢所有来自海内外参与这套丛书的作者与朋友，没有你们的大力支持，构想不可能落地。

期待“副刊文丛”能够得到副刊编辑和读者的认可。期待更多朋友参与其中。期待“副刊文丛”能够坚持下去，真正成为一套文化积累的丛书，延续中文报纸副刊的历史脉络。

我们一起共同努力吧！

2016年7月10日，写于北京酷热中

目 录

序：《多味斋》里的多味人生

袁　鹰

《多味斋》在《人民日报》上开始挂牌问世时，坦率地说，并未引起我这个老副刊编辑过多的注意。编副刊的人有如厨子（夏衍语），时时想到顾客的口味，推出些新鲜品种，本是常事。我料想《多味斋》的主持人当时不一定想到什么“弘扬饮食文化”这类时髦的大题目，“×× 文化”的招牌如今已经泛滥得惹人厌烦。他也许只求编发一些与饮食有关的故事，让读者看了有点兴趣，有点味道。我读了若干篇以后，果然渐渐品出些别具一格的风味来。

前前后后发表了一百多篇，现在回头看看，《多味斋》是什么呢？

它是大拼盘，是什锦砂锅，是羊杂碎汤，是擂茶，是腊八粥。它是农村办红白喜事的十大碗，是旧京官宦筵宴的满汉全席。它是北京的厂甸、上海的城隍庙、蒙古草原的“那达慕”，是城乡大大小小的庙会、集市、小吃街。从讲究点的虾丸鸡皮汤、一品锅、去壳蜗牛、扬州干丝、红酒糟肉到家庭常见的黄米糕、南瓜粥、缸炉烧饼、揪片汤直到豆花、野菜，无一不散发诱人的乡土风情。

然而，《多味斋》里，天南地北的饮食菜肴、地方名点，虽然异彩纷呈，各具特色，叫人忍不住食指大动，馋涎欲滴，却还不是主要的价值所在。它给你更多的是多种多样的生活情趣，饱含着酸甜苦辣咸涩辛百种滋味的故事。还有浓浓淡淡的亲情友情乡情各类情结，如酒、如蜜、如泪、如诗、如画、如梦，让你会心一笑，让你衷心怦然，让你遐思绵绵，也许还会联想起自己的一段年华，一件往事，一些故人。

比如郁风大姊那篇《我的“法国牛肉”》，开始时也许让你津津有味地看她怎么选肉备料，怎么油煎水煮，读着读着，你就不觉收敛起笑容，跟着她进入北京半步桥监狱，遇到那位半个世纪前的廖家姐姐，“无悔地微笑着在这里走完人生最后一程”。这么一个风雨年月里平凡的人物，一件平凡的小事，也许会伴着“法国牛肉”让你永远记住。

人人都有自己的多味的人生，都有难以抹去、难以淡忘的滋味。龚自珍的“青灯有味似儿时”是一种滋味。陆游的“世味年来薄似纱，谁令骑马客京华”是一种滋味。辛弃疾的“而今识尽愁滋味，欲说还休，欲说还休，却道天凉好个秋”又是一种滋味……

那么，岂不是人人家里、心里都有一个“多味斋”吗？《多味斋》里的人生滋味，是品不足、说不完、写不尽的。读这本书，一卷在手，虽不是长篇巨著，却如同好友相对，一壶清茶，三杯小酒，几颗花生米，一碟熏青豆，细细咀嚼，娓娓倾读，不觉夜深人静，灯火阑珊，岂不快哉！

吃鲫鱼说

冯骥才

鸡不能吃自家养的，鱼必须吃自己钓的。

前者的缘故是，家禽通人性，吃时下嘴难；后者的缘故是，钓鱼又吃鱼是双倍的乐趣。

深秋晨时，在水塘边择一幽僻处，取香饵一珠，粘于银钓之尖，悄悄下竿于苇草间。水色深碧，鱼漂明亮，尖头露出水面，显得十分灵通。漂儿连着细如发丝般的敏感的线，再接着埋伏在香饵中锐利的钩儿。少焉，鱼漂忽地一动，通报了水底的鱼讯。这时千千万万沉心屏息，握竿勿动，待这漂儿再动两下，跟着像出水的潜水艇顶上的天线，直挺挺升起来，一直升到根部。一个生活中那种小愉快将临的关键时刻到了。手腕一抖，竿成弯弓，水里一片惊慌奔突的景象。钓者最大的乐趣也就在这短暂时刻里。倘是高手，必然不急于把鱼儿提上来，而是用欲擒故纵之法，把鱼儿在水里拉近放远，直遛得没了力气，泄了气，认了头，翻过雪白的肚子，再拉上岸来。

当然这鱼既不是鲤鱼草鱼，也不是武昌白鲢。唯鲫鱼，秋日里最大最肥，而且吃饵的表现，是一种极优美的“托漂”。不像鲤鱼草鱼，吃食时横扫而过，把鱼饵吞下去一拉就走，鱼漂也被一同拉入水中，这称“黑漂”。黑，就是鱼漂在水面上一下看不见了。鲫鱼吃食要文静幽雅得多，它们习惯于垂头吸食，待把鱼饵吸入口中，一抬头，鱼漂便直挺挺浮升上来，就叫作“托漂”。天下渔人，一见托漂便知是鲫鱼；一见鲫鱼心中必大喜。唯鲫鱼之味才鲜美也。

若钓到半斤左右鲫鱼，勿烧勿闷，勿用酱油。鱼见本色，最具鱼味。

我家津沽，处处有水，无水无鱼。鲫鱼是最常见的鱼，多种烹调之法中，首推如下：

先把鱼除鳞去肠，收拾干净。愈是银光透亮模样，则愈诱人生出烹调的快感。然后将收拾好的鱼摆在案板上，正反都用刀背轻轻拍打几下。刚钓到的鱼，尽管已把腮片取掉，眸子仍旧闪闪发亮，时而还会扭动一下身子，把瘪嘴张成一个圆洞。鱼鲜肉紧，拍打几下，松其肉，烹煮时味道才好出来。拍打过后，放在油锅煎炸，微黄即止，取出晾在一边。

另取一锅烧白水。待水滚沸，投鱼入水煮将起来。待汤水见白，放入葱花、姜末、精盐、茴香豆，以及加饭酒。此中要点有三：一、必须等待汤水变白，再放佐料，汤水变白，是鱼被煮透的征象。倘若鱼未煮透，佐料的味道不能入鱼便被熬尽，失去佐料的意义。二、上述几种佐料葱、姜、蒜、盐和料酒必须同时放入。倘若有先有后，先入者则为主，味道则必不能丰富。三、加饭酒必须是绍兴出产，防止假冒，一假全糟。这样，一煮便要十分钟，煮好即成。

煮好的鱼，分作一菜一汤。

先说菜：用一上好青花瓷盘，将鱼摆好，再把汤中的嫩绿葱花摆在鱼腹上作为装饰。不须再加任何佐料与附料，只备一小碟老醋在旁，属于蘸用的调料。小碟应与盛鱼的青花盘配套。醋要选用山西或天津独流的老醋为佳，不要加辣。一辣遮百味。

再说汤：锅中鱼汤，盛入小碗，再备瓷勺一只，也应与青花盘配套。若桌布也是青白颜色，则会为这绝好汤菜更添兴味。汤中应加调味品，便是胡椒。

菜以醋调味，汤以胡椒调味，以示区别。然胡椒与醋，都是刺激食欲的开胃品，不败鱼味，反提鱼鲜。

食之时，盛精米白饭一小碗。一边吃饭，一边吃鱼。白米饭亮如珠，鱼肉晶似玉，鲜美皆天然。由此可知，一切美味，皆是本味，犹如一切美色，皆是本色。故此鱼之美，胜于一切名师御厨锦绣包装也。

饭菜之后，便饮鱼汤。汤宜慢饮，每勺少半，徐徐入口。鱼之精华，尽在汤中。倘能从中品出山水之清纯乃至湖天颜色，不仅是美食家，亦我此汤之知音者也。

我生来心急怕刺，吃鱼不多，唯此样鱼，却是家常喜爱食物。一是鲜美滋味，天下无双；二是自钓自吃，自食其力，自食其果。我人生中最喜欢尝到这种成果。

君若有意，不妨照方一试。但别忘了，不能不钓而吃，而是先钓后吃。自钓自吃，才是此种美食之要义也。

见报日期：1998.02.13

香嫩的野蔬

艾 煊

油腻之后思清淡。宴会之后，或夏季早晚，最佳饭菜，往往是茶泡饭，咸鸭蛋，香椿头。南京人日常生活的种种清淡菜肴中，最钟情的是野菜。

早春的江滩上，芦苇刚萌芽，那个被叫作芦蒿的苇芽，便是上市最早的野菜。素炒芦蒿，清香、滑溜、爽口。

荠菜。从冬到春，荠菜不绝于市。荠菜豆腐羹，是一道极鲜的热菜。先把豆腐放进油锅里煸，只须加上盐，别的佐料一概免去。一边煸，一边用锅铲把豆腐压得细碎。再把切得极细的荠菜，放进滚烫的豆腐里炒熟。最后勾芡。一道制作简单，色青白、味清香的荠菜豆腐羹，便可走上餐桌了。选料也有讲究，野荠菜，要比人工种植的家荠菜香得多。

香椿头。香椿原是农村家前屋后遮阴的大树。每年仲春萌发时，采其嫩芽头食用。近几年来，南京郊区已把香椿树育成矮化的品种，专供食用。家前屋后河边零星种植的香椿树，变成了田间大面积栽培的香椿林。产量高了，采芽的季节也延长了。

香椿清香，熟食凉食都很香。可以切碎炒鸡蛋，也可以烫熟后凉拌。还可以盐腌，当作吃粥的咸菜。腌法有二：可以趁鲜暴腌一星期，鲜吃；也可以腌后晾干，长时间保存。

春天有野枸杞头、红花草头。可以熟炒，也可以凉拌。

夏天有菊花脑，清凉、清香。熟炒，凉拌，做汤。去暑，提神。

秋天还有鲜嫩的鸡头梗。这是水生芡实的嫩茎，撕去外皮，炒食，也是一味香嫩的时鲜。

野葱。像小手指头般小巧的、雪白的葱头，生出三两支细如线香的、碧绿的、圆筒形的葱叶。是野菜，但也似是案头清供。用盐腌一腌，便是香气浓郁，且带有甜味的佐餐小菜。

这些野菜，原来只是民间小菜，因为它们有丰富的营养价值并各具不同的香、鲜、酥、嫩和柔脆的特点，可吃、可嗅、可看，色、香、味俱佳，现在都已进入了农贸市场，进入了城里人的家庭厨房。有一些更大大方方地登上了各大高级餐厅的高档宴会席。

人的舌头像任性的孩子，总是情绪化地贪恋香艳美肴。无理性地滥食动物性的山珍海味，其结果，往往是体态畸形，腰肢壮凸如鼓，血黏稠似胶，心脑负担过重，于是千方百计减肥。其实，何须苦苦寻觅减肥药物，这些清淡、疏爽、新鲜、柔嫩又香艳的野菜，岂不正好是矫正体态、清神醒脑的仙苑奇蔬？

见报日期：1998.03.27

葛仙米·地皮菜

邓云乡

六十多年前，在我很小的时候，正月里到镇上亲朋家坐席，有一味菜叫“葛仙米”，做成甜羹，小孩子们很爱吃。可是为什么叫葛仙米，却从来没有听大人们说起过。后来到了北京，却再没有吃过葛仙米，日久也忘了。六十多年后的今天，在遥远的上海延吉新村，孩子们都外出到亲戚家吃饭去了，只我一人在家纳福，歪在沙发上看闲书，大本木版乾隆间汪启淑《水曹清暇录》（是中国书店影印的傅增湘藏飞鸿堂藏版钱竹汀序本，有“藏园”“沅叔校定”“傅沅叔藏书印”等章，古韵依稀可见。但非套色，印是黑的，书是假古董，不是真乾隆版，附此声明，以免被印藏者误会），忽见一条云：

“广西北流县有葛洪岩，相传晋葛洪为勾漏令修炼于此。床灶犹存，岩下产米类小木耳，可治肺热，味亦清香，堪作羹材，名葛仙米，充上方岁贡，户部主政……述。”

这一条短短的笔记，一下子勾起我童年的回忆，真是有趣极了。但亦有许多难理解要思考者，其趣味更在此处。一是遥远的广西北流，查地图在广西东南角，现在也是市，在北流江边上，大概是县级市。离广东高州不远，我去年到过广东高州。而我的故乡却在山西东北角灵丘县东河南镇，距离真可以夸大说十万八千里，即使现在交通极为发达，这两个偏僻的山乡，也很难沟通。我客居北京、上海，还只到过高州，也未能去北流。我北国山镇的老乡，想来就更没有人去过了。而葛仙米却一样的出产，一样的叫法，汪文说“类小木耳”，一样的形状，而且又都是野生的。既不是北传南，也很难说南传北。北流有道家葛洪的修炼故事，所产叫“葛仙米”。而葛洪生活的东晋时代，只是半壁河山，葛洪能由建康（今江苏南京）到遥远的广西，却不能北上到我老家，因为我老家当时是北魏拓跋氏统治的地方，是北朝交通要道，葛洪不能来，这里出产的“类小木耳”的野菜，怎么也叫“葛仙米”呢？当时又没有“大哥大”全球通，也没有“FAX”等现代化传媒工具及电脑联网，为何这样相同，实在叫人纳闷。而北京皇上也奇怪：让遥远的广西北流年年进贡葛仙米，却不要离得不太远的灵丘老乡来进，即使当年交通不便，我们乡下到北京，骑牲口走旱路，有六七天也到了。皇上老儿舍近求远，为什么？想来不是皇上的本意，他不会知道万里之遥的广西山乡有“葛仙米”，这一定是大小官儿一层层地孝敬上来的。而自古当官的有一种遗传病，就是千方百计以自己权力所及讨好上级，讨好上峰……不然，北流的葛仙米又如何万里迢迢地贡到北京呢？这个带有神仙味的名称，又如何传到我们乡下，或者是由北京辗转贩运过来的吧？说来也很有意思了。

山镇还有一种叫“地皮菜”，也是类木耳的菌类野菜，同葛仙米差不多，但是上不了酒席，只是一般人家偶尔吃，而且大多是包馅用，包子、饺子都可以，大多好像是素的，记忆中好像只是和炸豆腐、粉条剁碎了同包，没有同肉拌过，吃口自然远不如白菜、菠菜等。故乡山镇是苦寒地区，冬天可到零下十五六摄氏度，但城里种菜园的高手，不但能种出极为软、糯的长山药，也能种出大棵赤根菠菜，也是很特殊的。新中国刚成立时，我在燃料工业部给老干部陶伯泉做秘书，他抗战时去延安，抗大毕业，后在太行山打游击，到过灵丘，和我很谈得来，一聊起来，就夸我们县冬天还能吃到菠菜，赤根绿叶。他是南京北面滁县人，却在乱世中到我们那个偏僻的北国山乡打游击，说起吃菠菜总是眉飞色舞……可是就这样一个人，却在“文化大革命”前一年，在上海电力设计院院长任上，吃了一百五六十片安眠药，自杀死了——多么不可思议！

由葛仙米说起，忽然说到老干部陶伯泉的自杀，这文章算是怎么写的呢？真是乱七八糟的思路，乱七八糟的经历，乱七八糟的……

见报日期：1998.05.15

人之于味

陆文夫

“你最欢喜吃什么菜？”

这是个最简单而又最复杂的问题，因为这里所指的菜并非是一般意义上的菜，而是有美食、美味的含意。食物一旦上升为美食，那就成了一种艺术，其功效就不仅仅是疗饥，而是一种出于生理需要的艺术欣赏。吃的艺术是一种多门类的综合学科；是自然科学、人文科学、生理学、心理学的混合体。欣赏美食，就像是欣赏艺术表演。欢喜不欢喜，一是要看艺术的本身，二是要看各人的欣赏水平，三是要看各人的欣赏习惯，四是要看在什么场合，什么环境，什么气氛，与谁共赏及欣赏的频率，等等。

先说这菜的本身。菜要讲究色、香、味、形，但要以味为主。色、香、形是通过视觉与嗅觉使人兴奋起来，品味才是欣赏的开始。就像听音乐，舞台上的灯光布景、艺术家的风度等都只属于视觉上的美感。等到乐声一起，你就会完全沉浸于美妙的旋律之中，而忘记了舞台和灯光的存在。音乐和戏剧的饕餮之徒，甚至不看舞台，而是闭上眼睛在那里静静地聆听。吃也是如此，食物一旦进入口中，色和形就不存在了，香混入味中，吃的过程实际上是一种对味的体验。已故的苏州老作家周瘦鹃先生在宴席上从来不说“吃”，而是说“尝尝味道”。此乃个中人语，是和闭着眼睛听戏一样。由此可以回答“你最欢喜吃什么菜？”答曰，只要是味道好的菜我都欢喜；不仅是我欢喜，大多数的人也会欢喜。孔子曰：人之于味有同嗜焉。

人之于味有同嗜，可以理解为人人都欢喜吃，都欢喜吃味道好的东西。那么，什么叫味道好？怎么辨别？

答曰，这就要看各人的敏感程度了。音乐家对声音特别敏感，作家对形象特别敏感，美食家的味觉也特别灵敏，这恐怕是有某种基因在起作用。除此之外就要由你的“吃历”来决定了，不登高山，不见平地，好与不好、好与更好都是相比较而存在的。比如说你曾经吃过鲫鱼汤，此种鲫鱼是活的，生长在没有污染的淡水里，美味！后来又吃到鲫鱼汤，鱼也是活的，但却是在受到轻度污染的淡水中长大的，或者说虽然是在未受污染的淡水中长大，但已在冰箱中放了三天，那就不美了，缺少那种难以言喻的鲜味。当然，如果鱼是在一种受污染比较严重的淡水里长大的，那就糟了，不能吃，有一股火油味。这就是有比较才能识别，如果你从来就没有吃过未受污染的鱼，你就不能辨别活鱼和死鱼、污染和未受污染的鱼之间有何区别，还可能会误认为原来就是这样的。

以上对于味的辨别是属于菜的本身。除此之外还有许多主观的因素可以影响人对美味的判别。诸如各人的饮食习惯，是否有吃的需要，与谁共进美餐，进餐的环境，等等。如果是二三知己相逢，临窗设宴小酌，相互间只叙友情，不发牢骚……那，每个菜都可以加十分，只要那鱼汤中没有火油味。设若为了应酬而赴宴，菜很高级，人不熟悉，相互间无话可说，没话还要找话说，甚至心怀鬼胎，曲意奉承，想通过吃来达到什么目的，这时候，即便菜的味道是极品，恐怕也要拿掉一个最高分，加上一个最低分。

近些年来，在欣赏美食方面还产生了一个社会学的问题，即有部分人欣赏美食的频率太高，差不多日日赴宴，甚至一日两顿，这就使得味觉疲劳、迟钝，什么菜都没有味道，样样菜都是老一套。按理说此时应该暂停，在家里吃一点粗茶淡饭，消除疲劳，休养生息。不行，不得不停地吃喝。这些人作为一股强大的消费力量，正在左右着饮食市场，为了适应这一部分顾客的需要，目前的饮食市场上出现了一种菜系，此种菜系不属于四大菜系也不属于八大菜系，姑妄名之曰“摇滚菜系”。此种菜系有两大特点：一是味重，使用蒜泥、香料、芥末、香菜等辅料和调味品，用重味来刺激那已经疲劳、迟钝的味觉神经。二是随意性很大，竞相发明新奇而近于怪异的品种，用以替代那老一套。不过，这恐怕也是一种暂时的现象，因为经常性地刺激也会使神经麻木，反复出现的奇异也就成了平常，到时候又要在一种新的形式下复归。

“你最欢喜吃什么菜？”变数虽然很多，但也有一点是不大容易变的，那就是各人的饮食习惯，改变习惯可是一个漫长的过程！不管你走多远，你对家乡的菜都很怀念。自己家里的菜，吃了一辈子也没有“够”。天天赴宴，菜很高级，三天下来就会把吃饭当作受罪。在经济发达的地区，干部中流行着一句顺口溜，“不怕廉政，只怕连顿”，上顿连着下顿地吃喝，实在是一种受罪。中国人的大吃大喝恐怕是从没吃少喝派生出来的。当然，也有一些人是“只怕廉政，不怕连顿”，那是因为连顿的时间太长了，天天吃喝已经成了一种习惯，三天不吃喝就会“淡出鸟来”。

“说了半天，你到底最欢喜吃什么菜？”

答曰：“自己家里的菜。”

这倒不是说我家的菜特别好（也不差），习惯恐怕是主要的。我常常出差、出国，有时候还参加国际、国内的美食展、美食节，那都不乏佳肴美味。一旦回到家里，如果是春天的话，老伴儿肯定已炖好了“腌笃鲜”（这是苏州人每年春天必食之肉汤。原料为鲜肉、咸肉、春笋。辅料为少量火腿片、香菇。放在沙锅中加水煨炖，笋切成块状，后放。咸肉最佳者为自制之暴腌肉，即在清明节前将肉腌制、阴晾风吹。此种暴腌肉不宜久存，只能吃到清明。苏州人专为腌笃鲜而制），我喝了一口汤，长嘘一口气：“啊，吃遍天下，还是回家！”

见报日期：1998.06.26

点到为止

叶文玲

人生有许多寻常的乐趣，烹调便是其中之一。一个不会做饭做菜的男人或女人，总让人感觉在生活能力上是有欠缺的。

我还认为，做菜无诀窍，关键是要有好心境；做菜更多的乐趣是教别人品尝而不是独享。有时候，辛辛苦苦地忙半天，只要看家人吃得津津有味，自己不吃也香。

有朋自远方来，不亦乐乎。不久前，有个朋友到我家做客，因为事先有准备，我用心用意做了一桌饭菜，朋友与作陪的几位同事居然赞不绝口，叹曰：“好一桌散文诗！”

朋友来自繁华都市，且又是个云游四海的人，珍馐美味并不乏享，他的赞扬自然使我颇感得意，得意之余却有几分怅惘。

因为，赞语好听，散文诗难为，我的“散文诗”也常有失败的时候。而失败的原因，多半是出于彼时的心境不佳，或者因仓促而准备不足，而其时又显然忘了效法母亲最简单的待客美食：做一碗“三鲜面”。

有主意的人做事从不后悔，我有一阵却常常后悔，后悔没有很好利用母亲传给我的禀赋去从事刺绣或烹调艺术，如果似水年华能倒流的话，或许在这两项事业上我会有更大的出息。

我母亲七八岁时就能飞针走线，她的绣品使外公用来装饰的花轿成了小镇上最叫绝的租具；母亲的一根银针，在艰难岁月里撑持了全家的生计；要是来了远道客人，不管家里多拮据，母亲也要竭诚款待，即便只做几样家常菜，客人也总是称赞不已。

母亲最拿手的是“三鲜面”。主食是用家乡精米蒸压成的粉丝，比云南的“过桥米线”还细韧，配菜佐料，自然少不了鲜鱼活虾。热腾腾一碗面端上桌，色香味俱佳，连形式也分外优美——肉丝细，白面长，红虾青葱撒在蛋瓣上，活脱脱是开了一朵金盏菊。每年过生日，母亲总要给我做一碗这样的面，每次离家或归家，也总有一碗这样的面为我饯行或洗尘。我在她默默的注视、含泪的微笑中狼吞虎咽，只觉得那股特殊的美味，世上的任何佳肴都比不了。

难道是“味蕾”也会遗传？“三鲜面”成了我的“传家宝”后，孩子们离家外出或过生日，我总如法炮制，他们最乐意品尝的也是我做的“三鲜面”。

除却“三鲜面”，母亲还有一种拿手美食就是做春饼。

南方人做春饼花样多多，我总以为母亲做的春饼是最好吃的一种。

母亲做的春饼，不光用大家都用的面粉和糯米粉相掺，还要加上家乡特有的一种野菜：青蒿。掺上青蒿后的这团面，在母亲手里揉来揉去就像一块绿色的云，只见她揉着揉着拽出一小块来，用一截短短的木棍轻轻擀转，只一刹那，手下便悠悠展出一张圆圆的薄饼。母亲擀的饼，总是超薄型，无怪邻里大嫂都不无妒忌地自叹：“我们擀的，是棉布衫，是夹袄，叶婶你擀的，是一块绿绢！”

每每听了这样的赞语，母亲总是声色不动，两只手照旧翻飞有致地忙，一块块“绿绢”在手下便波一阵浪一阵地起伏；饼擀好了在锅里一摊，还没来及裹上菜，那股青青的草香味立刻就会弥漫一屋。

吃春饼，饼固然是最主要的，那包裹在饼内的菜肴，却也是断断不可忽视的内容。家乡物产丰饶，所以裹春饼的各种菜肴通常总要七七八八买上十来种。

最主要一种：须有炒米面。这炒米面的原料便是刚才所述的做“三鲜面”的面，只不过用来裹饼是要炒制而已，炒米面时如果配上春夏常有的蒿菜笋丝，那炒出来的面就更加喷香。

再还有就是：须有肉丝炒豆腐干丝、绿豆芽炒韭菜、油煎豆腐、炒鸡蛋丝、鳝鱼丝或其他鱼块、时令蔬菜……有这几样荤素齐全的菜“挂帅”，炒得油水充足咸淡得当，这春饼定然美味非常。

至于佐料的油盐酱醋多少呢？完全是凭感觉放的，感觉是一种绝技，无法板板六十四地说的。

吃春饼时最好再做一盘汤：喜咸的可以是榨菜肉丝或紫菜虾米汤，爱甜食的则做一点稀稀的甜羹；如要清淡，那么，一碗极薄的米粥也很可口。我敢说，吃上这么两筒裹得香喷喷的春饼，再有半碗佳汤佐餐，那是任什么鱼肉大宴也难相比的。我虽不是饕餮之徒，但每回吃春饼总是过量，过后非要吃点酵母片才能安枕。有几回撑得闹了胃病，却总不愿接受教训，那“死不改悔”的馋相和勇气，真和拼死吃河豚的贪吃鬼们差不多。

我们一家老少都极爱这两种并非大菜的家乡饭。这家乡饭之所以诱人，不仅在于美味，更在于一种七盆八碗你夹我裹的欢乐气氛，那真是一点不亚于北方人家过年包饺子。

这是我最喜爱的得自母亲亲传的既简单又别致的美食。至于上面提到的招待朋友的那桌“散文诗”呢，自然又是另外的七七八八。

“七七八八”是什么？择要来说，不可或缺四大件：

一是“冰山雪莲”；二是“漫坡金菊”；三是“鱼翔浅底”；四是“明月当空”——当然，这都是作为“散文诗”才能标示的菜名。

真实的内容和炮制方法呢？哎，这可不能“实话实说”。不是吗？写诗讲究美的意蕴，讲究意象和含蓄，若是统统都说穿了，还有什么神秘性和想象的余地？就像我哥哥第一次到上海下馆子，点了一碗“金丝银芽”，然后就得意扬扬地等，那派头，是很有点阔少坐席的模样了，结果呢？端上来的是一盘红萝卜丝拌白萝卜丝。

所以我也要稍微保密，只报菜名，点到为止。

因为，我从来相信生搬硬套照着菜谱做菜的，决不是好厨师。

因为，我更相信现在的读者绝顶聪明，就这样，也难说这篇小文撒出手后，我还保不保得住这“散文诗”的桂冠和专利权。

见报日期：1998.07.02

“今天吃什么好呢”

舒　婷

家里来了个新保姆，东山人，叫阿香。阿香问我中午做什么菜，我说你把你家乡的拿手菜做几样试试。阿香一退老远：这怎么行，我们乡下酱油汆肉白水下鱼，别让你们城里人笑话了！我鼓励她：你不知道吧？现在街上生意最旺的就是“农家饭庄”“乡亲酒馆”和“东山大排档”了。

吃的风水跟文学流派一样，三年一转还嫌慢哩。

最早的时候，母亲还在读高中，崇尚新文化的父亲避开时髦的鲜花攻势，精心策划美食包围圈。看完电影他们去吃宵夜，今天“衙口”炒河粉，明天“双全”烧肉粽，后天则是“好清香”的炸春卷。厦门的风味小吃层出不穷，我老妈便深溺老爸网中。

他们互为琴瑟后正碰上公私合营，百年老店纷纷收起招牌，老板洗盘子，主任当家，一律办成大众饭店。穿中山装的老爸和穿列宁装的老妈，数着油腻腻的饭菜票去食堂打饭。还在20世纪50年代初，他们跟所有的同龄人一样热爱新中国，立刻投身土改、大秧歌和扫盲，吃饭跟完成任务似的，简便快捷。谈吃谈穿可耻，属于资产阶级思想。现在我老爸不谈只做，千方百计弄吃的，具体表现在宵夜上。幼小的我们老是半夜被摇醒，门窗紧闭，小炭炉上咕嘟咕嘟炖着的，不是香菇鸡汤就是当归鸭。

童年里所有美味都是闭着眼睛半睡半醒品尝的，蒙上梦幻色彩，为日后无数盛宴所难以企及。以至现在我一端起宵夜，下意识就想往卧室走。

20 世纪 60 年代初，小球藻、南瓜叶和炒细糠不是作为天然保健食品，而是三餐必修课，把我老妈补养得腰圆腿粗，脸上一摁一个白印儿。老爸在山区煤矿劳改，更是无所不吃，烤蝗虫，竹筒泥鳅，“叫化田鼠”（这是老爸从名菜“叫化鸡”那里移植来的，滋味想必不错），等等。

能烹善吃，使我老爸大难不死。

我十八岁从插队知青点回家过生日，请了我的队友来吃饭。父亲捏着当月的豆腐票、肉票、鱼票、糖票，充分运用没落银行家的财政核算能力，加上祖传烹饪技艺，开出活色生香的一桌菜来，总共花了二十元不到。那天不仅入席者大开眼界，旁观者眼里生出火来，就连我老爸，也飘飘然进入高处不胜寒的境界。此后整整一个月，我们什么票也没有了，光喝粥配酱瓜，无悔无怨。每次回味那天的辉煌，双颊犹存余香。

拮据困窘的日子仿佛一晃而过，比心更早背信弃义的是舌头。就算当年，心在使劲忆苦时，舌头想的却是甜。对“民以食为天”的中国人，最先和钱包直接挂钩的也是舌头。舌头品尝经济发展功不可没呀。

从各种票券的拦截中脱身出来，舌头最先扑上大鱼大肉。父亲去饭店为我定婚宴，千叮嘱万叮嘱要整鸡整鸭。那个饭店刚恢复“绿岛酒店”的老招牌，做的还是大众饭菜，整鸡整鸭是中国胃口康复期的最高梦想。

等到那些诸如“红光饮食店”招牌陆陆续续都换回“老友记牛肉汤”“好再来卤味”“扁食嫂”等脍炙人口的老字号，我们的舌头已享尽风光。鸡鸭迅速贬值，粤菜乘海鲜的翅膀挥军北上，占领各菜系的制高点。然后是历史悠久的川菜大反扑，京菜御膳的回潮，北方饺子、兰州拉面的见缝插针，以及新疆烤羊肉串的游击战争。

朋友打电话邀饭局，可管窥“饮食文化”新潮流。曾几何时，已不再问我想吃泰国菜还是印尼菜（当然，日本菜有些贵），现在都往美食街走。美食既然成街，必是小吃小炒居多。怀旧思潮波及下的厦门人，忽然十分地方主义，把老祖母时代的菜谱翻出来，抢救被麦当劳、比萨饼、肯德基“腐蚀”的下一代。于是芥菜饭、番薯叶、萝卜干炒鸭蛋一时层出不穷。任何鲜鱼都放在酱油水里煮煮，保持其原汁原味。

阿香的乡村红烧肉，在我家餐桌维持安定团结的局面不到两天，就被我儿子拂袖而去所打破。

我这个落难当主妇的，揣着钱包，拉着购物车，比老爸当年数着各类供应票券买菜还要悲惨。站在用保鲜水喷得青翠欲滴的蔬菜、分门别类的鲜肉、游水生猛海鲜中间，我茫然四顾，哀叹：

“今天吃什么好呢？”

见报日期：1998.07.17

自讨苦吃

董其中

近年，我和诸多带“苦”字和有苦味的饮食打起交道来，如吃苦菜、苦瓜、苦荞面和苦荞茶等，可谓自讨“苦”吃。

苦菜是北方的一种草本野生植物，过去只是穷苦人果腹充饥之物。著名诗人公刘有诗曰：“喜鹊出窝窝还在，闪下个妹妹你走了口外……挑一苗苗苦菜跌一道道沟，唱一声山曲曲解忧愁。”旧社会苦菜总是和“走西口”、受苦人联系在一起，它似乎是穷人的专利品。现在情况则不同，农民把大包大包的苦菜拿到农贸市场来出售，吃苦菜成了城里人的时尚和乐趣。故流传着这样的话：“城里人吃苦菜，乡下人吃大肉。”这说明城乡人民的生活水平在普遍提高，越来越多的人讲求如何吃得更有益于健康。感到光吃大鱼大肉是不行的，是会出问题的，还必须吃蔬菜，吃绿叶菜，吃野菜……于是那过去不起眼的苦菜便成了人们的抢手货，有的地方还把苦菜加工成罐头。我见到在那些大酒大肉的餐桌上，苦菜一上桌便被食客一扫而光。苦菜又叫苦苣，除苦苣外，还有甜苣，苦苣有点苦，在夏天吃苦菜，不仅可以调节口味，还可下火清热。

苦瓜，过去广泛栽植于我国南方，为一年生草本菜蔬。我的老家在井冈山下，家门口有母亲打理的一个菜园子，年年总少不了种苦瓜。炒苦瓜成了家常菜，也是我一直爱吃的菜，可以说我是吃苦瓜长大的。现在北方也广泛栽植苦瓜，在夏秋两季的农贸市场可随便买到，即使在冬天，由于有了温室栽植，我们也能吃到苦瓜。苦瓜的吃法也多种多样，可用来炒肉炖肉，也可凉拌。苦瓜炒肉时加入点鲜辣椒更有滋味，是颇具特色的菜肴。苦瓜好就好在它味苦，“良药苦口利于病”，苦瓜可以消暑解热，还有降低血糖的作用，所以备受人们青睐。

苦荞面和苦荞茶，其主要原料都是苦荞，它是荞麦的一种，为一年生草本作物，适种于北方高寒地区，其子粒供食用。盛产苦荞的某地调查结果表明，因该地区农民常食苦荞面，而很少有人得糖尿病，进而对苦荞做药理研究得出结论，苦荞具有降血糖和清热解毒的功效。因此，供糖尿病人食用的苦荞面和苦荞茶应运而生。这两种食品均无苦味，面汤和茶水呈金黄色，十分诱人，糖尿病人乐于食用。我之所以吃苦荞面和苦荞茶，就是因为三年前染上了糖尿病，由于及时有效治疗，现血糖已趋正常，自我感觉良好。我想，这与吃“苦”的辅助治疗是分不开的。此事提醒我，必须讲求科学饮食，这才是真正的提高膳食质量。

说到吃“苦”，我想起我喝啤酒的一段经历。不会喝酒的人认为啤酒味苦，当初我也这样认为。那是1954年夏天，我在上海参加高考，一天我去最大的百货公司——先施公司游逛，看见那里零卖啤酒，一角二分钱一杯，我好奇地买了一杯，喝了一口觉得太苦就放下了。后来到京城上学，两年过去了也不喝那啤酒。到了第三年，一个大热天，我和一个同学外出，正当晌午，炎热难忍，那同学买了一瓶冰镇啤酒，我也跟着买了一瓶。那时北京是在一个大木桶内盛上大冰块，然后把啤酒放入木桶内进行冰镇的。由于炎热，当那一瓶冰镇啤酒一口气喝下肚，顿觉凉意沁透全身，舒服极了，不感到一点儿苦味。从此以后，我改变了对啤酒的看法，不仅不感到它苦，反而觉得它甜，喝啤酒成了我生活中的乐趣。报载：我国一年喝掉的白酒相当于一个西湖。可想而知，一年喝掉的啤酒恐怕就不止于一个西湖了。这也说明啤酒越来越为人们所欢迎，它的苦味是为大家所接受的。

由此看来，要吃“苦”，首先得实践，就是说你必须去吃它，一口两口三口地吃下去，吃多了就习惯了，也就不觉得苦了。那舶来的带有药味的“可口可乐”，由于大家都来喝，如今不是成了家喻户晓的饮品吗？一些好的东西，由于不去接触，可能一时被拒食，但终归会为人们所认识和接受。其次，出于某种特殊需要。心理学讲，兴趣是与需要有关，由于吃“苦”能治病，治病要紧，你就愿意去吃“苦”，先从认识上来个转变。再次，在某种环境和氛围下，苦味便会降到次要的位置。除习惯外，吃不仅与环境和氛围有关系，而且与地域、季节，以至个人情绪和文化素质等有关系。如今，我感到苦瓜、啤酒那种与众不同的特有的口味是一种雅味。品味它，如同欣赏古诗词、交响乐、芭蕾舞等一类高雅艺术。

吃“苦”、论“苦”，“苦”中有乐，以吃“苦”为乐，确是一种美的境界，美的享受。

见报日期：1998.08.07

我的“法国牛肉”

郁　风

“家庭妇女”这个词儿，只是相对于“职业妇女”说的，其实，从20世纪以来，任何职业妇女只要结了婚，就全都成为家庭主妇，而这个“主妇”，主要“主”的是厨房。

我虽然也当了五十多年的主妇，可是并没有经常“主”厨房。原因很多：譬如我母亲是“主”厨房的能手，父亲请客，她能烧出整桌待客的菜，让那些名流雅士美食家都叫好。我小时候由于嘴馋，总爱到厨房围着母亲转，说是帮忙，实在是为了捞点吃的。可母亲总是赶我走，叫我去做自己的功课。一直到中学成为大姑娘，她也不教我做菜，姨妈伯母们问起来，她说：做菜还不容易！用不着学。现在主要是先读好书，才是真本事。所以直到我成为家庭主妇，“主”厨房的本事一点也没有。当然，五十多年中，许多时候是流浪、旅行、家庭分散、坐牢七年……无厨房可“主”，也有相对安定的时期，能请保姆，就用不着我“主”厨房了。

近数年来，多在海外生活，虽有下一代年轻人“主”厨房，我也偶一为之。因此我的“法国牛肉”还可以露一手。

有一次在布里斯班，参加一对从上海移民澳洲多年的夫妇举行的家庭生日宴会，照例客人都带一个菜，我就花了半天时间做好“法国牛肉”带去。那晚在台球案上搭了板的大餐桌上摆满了数十大盘菜，三十多位中外宾主自助取菜，到第二轮，我的两公斤法国牛肉已经吃得精光，而满桌其他盘子里还剩下许多。众人纷纷走来问我，如此好吃的牛肉是怎么做的？

其实很简单，现在听我道来：

买上脑儿部分的牛肉，至少一公斤，洗净，切成方方正正两大块或四块，最好放在漏水的板上晾干。油锅烧热，放下肉去煎，要看着不断地翻身，直到六面都煎得有点焦黄。

主要配料就是大蒜，剥皮成蒜瓣儿，可不是一个两个，一公斤的肉就要满满一大饭碗的蒜。肉煎好，放水漫过肉，放下整碗的蒜，煮开后换小火，加酒（白兰地或花雕）、加盐，慢慢炖三小时，快烂时加鲜番茄两三个切开，或番茄酱也行，直到蒜和番茄全部融化成浓汁。如果喜欢，还可以加一点过油的咖喱，就有咖喱香味；不加，就保持纯蒜香味。

看来很容易，关键是选上好的肉和耐心地煎成六面黄（肉中水分越多越煎得慢），足够的蒜瓣儿，足够的三小时文火，保你成功。

为什么叫法国牛肉呢？它当然和咱们的红烧牛肉或五香牛肉不同，完全不是一个味儿。如果是大块两公斤或三四公斤的肉，加上浓汁，用大银盘端上来，就像洋里洋气的西餐了。可为什么不叫美国加州牛肉或俄国高加索牛肉呢？说起来有个小故事。

原来我是从母亲那里学来的，她又是从哪里学来的呢？

20世纪20年代，我家住在北京，相隔不远的邻居有一位廖伯伯，他是我父亲的朋友，曾任驻法国的公使，娶了一位法国太太，她会说一点中国话，常来我家向母亲学习做中国菜，她也教会母亲做这种法国牛肉。她有个女儿，我叫她大姐姐，当然是混血，长得漂亮极了，文静优雅，会弹钢琴。和她母亲说法国话，和我说北京话。后来我们到了上海，就不再见她了。听说她去了法国，而且，听说她读完了巴黎大学，文学、哲学都是优等，会好几国语言，可却偏偏出家，一意入了修道院当修女，从来没有结婚，我们都为她叹惜。再后来，抗战开始我也离家远走，经过多少风波岁月，早把她忘了。

直到“文革”1968年，我先被关在半步桥监狱三年多。一间小小的监房，只有一铺大炕，睡三四个乃至五六个女犯人，经常调换。有一位新调进来和我同住的女教师告诉我，她原来就住对面监号，前几天紧挨着她睡的一位老修女在半夜里突然死去，无疾而终，死得安详。她已有六十岁，但端正慈祥的面孔仍然很美。她总是微笑着安慰同监号的难友，会讲许多《圣经》故事和外国文学名著。问她犯了什么罪被关到这里来，她只说是上帝的意旨。她的中国名字就叫廖家勋。

啊，我想起来了，莫非就是我小时候爱慕的廖家大姐姐？我详细问了那位女教师有关她所了解的修女的家世、学历、形象、语言特征，证实就是她！就是教我母亲做法国牛肉的廖伯母的女儿。

她是由于会讲中文而被法国教会或修道院派到中国来的吧？也许，她也是自愿回到她的童年和少女时代难忘的父亲的祖国吧？她无悔地微笑着在这里走完人生最后一程。

至今，我每次做法国牛肉，便会想起她。

见报日期：1998.08.14

一品锅

邓云乡

说到大席，在清代是接官的官席。官席最方便而且实惠的是“一品锅”，在《老残游记》中有精彩的描写。这段上初一时看《老残游记》就记得十分熟，什么“酒色过度的鸭子，怒发冲冠的海参……”描绘活龙活现，和我小时候记忆中的“一品锅”完全一样，所以印象更为深刻，迄今仍能做详细说明。

先说形状，“一品锅”像中号面盆一样大、一样深，而且是直上直下，所以容积比面盆更大。是铜质的，内挂锡里，有时不挂。简单说，即一个大铜锅，两边有大环，可以提起放在灶上煮，锅下有一大镂空圆铜架子，前有一口，手可伸进伸出，放进一酒灯。吃时点燃烧酒，可以保温，锅上有盖，亦有环，可以盖上、掀开，十分方便。“一品锅”和火锅（暖锅南方叫法）形状、加温法、用法全不相同。

“一品锅”所以号“一品”，是为接官取“官高一品”的专语而命名的。庚子时西太后、光绪逃到怀来，知县吴永在后来写的《庚子西狩丛谈》中记，最初接到通知，即一横单，上丌“皇太后、皇上，满汉全席一桌，庆王、礼王、端王，各一品锅，肃王、那王、澜公爷……各一品锅……”可见当时“一品锅”之重要了。旧时各大小官吏晋京、赴省无论走旱路、水路，一天只走百八十里，住店打尖，一天三顿饭是少不了的。在大路各县的地方官，每天要为过往的大官准备住宿吃饭，酒席十分困难，便饭也不易。天冷天热，及时供应，冬天怕凉，夏天怕坏了，要及时加温，最方便就是“一品锅”，都是烧熟的东西，全放在锅中，端上端下，放在哪里都可以。一点烧酒灯，火力很旺，加温很快。接待过往官吏，十分便利。所以清代各地官场中“一品锅”很普通。

“一品锅”以鸭子为主，一只煮熟的肥鸭，配一只小猪蹄或肘子、一只肚子，都是烧熟的，八只虎皮蛋，即鸡蛋煮熟，油锅炸过，然后再配发好的刺参、玉兰片、火腿片，下面用黄芽菜芯子垫底。这样一大锅，不要说一个人吃不了，三五个人也吃不了，当时跟官的人很多，吃剩下自然有人吃。大官过境，地方官供应，有的是孝敬上官，即送席请上官吃，有的则是大官跟随的人开销钱，或大官开赏。地方官一般不会白花钱。而北京附近的地方官，如良乡知县、涿州知州，天天有不止一个大官过境，这支应接待任务就十分繁忙，每天都要准备“一品锅”及大小席面。

我小时在乡下，已到了民国20年以后，也不像清朝时候那样接官了。但是家中有“一品锅”，每年家中在大年初一只装一次，端到前面客房中给父亲吃，只由我陪着。我一年三百六十五天，只单独陪他吃这一顿饭。

我最怕陪他吃这一顿饭，只是个礼，实际吃不了什么，有时只吃个虎皮蛋就算了。因为我小时肥肉等太油的东西都不吃。虽然吃过“一品锅”，而父亲和我一天官也没有做过，不要说一品，连“从九品”“未入流”都够不上。后来到了北京，就再没有吃过“一品锅”，也没有看过这玩意儿了。只是读《老残游记》时，我发出会心的微笑。可惜几十年来，没有一个人问我“一品锅”是什么玩意儿。回忆山镇坐席，不打自招，细细坦白了。或能为历史风俗稍留一点资料乎？

见报日期：1998.08.20

饮食的记忆

萧　乾

饮食也是一种教养。可我缺乏这种教养。

对于了解我早年家境的人，这毫不足奇。十岁前，我面临的主要是把我那小肚皮填饱的问题。那时靠典当和妈妈做佣工为生。一到年下，堂兄就在北新桥摆地摊卖对联，有时还当场挥毫。这样，年三十家里才勉强包上饺子。另外，每逢戚友有红白事，妈妈总把我这小馋鬼带上，借此开开斋。当时我那副狼狈相是不难想象的。

我有过一些喜欢吃并懂得吃的朋友，如已故的荒芜。20 世纪 50 年代我们同住在羊市大街时，一天他老远把我拽到鼓楼附近一家小饭馆，请我吃了一顿炸肥肠——真是肥得满嘴流油。他边自己品味边殷切地问我：“咋样？”我的回答倒也还老实。我说：“好吃是好吃。可要我为它跑半个北京城，我划不来。”

朋友中，巴金是“爱吃”的。但他总把吃同友情联系在一起。20 世纪 50 年代他每来京，必把他的多年老友——尤其像我那样当时正坐冷板凳的，约在一起，欢聚一下。他对北京的馆子比我熟。有时是沙滩，有时是新开路的康乐。反正总是川菜馆。那时他的饭量也真是惊人！时常我们已善罢甘休之后，他还要独自打扫一番战场，把盘盘都扫荡得一干二净。

20 世纪 50 年代的一天，我们同游北海。我凭着小他六岁这个优势，向他挑战。我们各租了一条小船，从漪澜堂出发，以五龙亭为终点。我满以为会先他到达，就使出吃奶的力气。结果却同时靠的岸，划个平手。

至于文章，他那洋洋二三十卷，我就更望尘莫及了。因而我得出一个老生常谈的结论：能吃才能干！

1945年3月，我从英国横渡大西洋去采访联合国成立大会时，战争还未结束。本来只不过几天的航程，为了一路同依然猖獗的纳粹潜艇玩捉迷藏，我们竟走了十几天。从利物浦上船后，天天上午在船上做遇难弃船演习。生活在死亡线的边缘上，食欲实在旺盛不起来，况且英国食物短缺，严格配给，就连船上也吃不到什么美味。

轮船一驶进加拿大的哈利法克斯港，就安全了，胃口也来啦。上岸后，同船的人都分别进了当地餐馆，并且异口同声地喊着："要牛排！"印象中，我面前那块简直厚得像是块淌油的"砖"，足有两斤重，而一瞬间就被我消灭到肚里去了。

现在回想起来，那样的饕餮既品不出美味，对肠胃也太不仁慈，甚不可取！

英国的绅士、淑女是向来不肯露天而食的，在巴黎，就没这么讲究。蔚蓝的天空飘浮着朵朵白云。咖啡馆门前，衣着华丽的男男女女，围桌而坐。一群群鸽子在他们脚下啄食，确实是别有天地。

由于四堂兄娶了位美国嫂子安娜，我从九岁就习惯吃洋餐了。她还教了我一些洋规矩，例如刀叉不能碰出声音，咀嚼也得文文雅雅地。

可是当一位姓孟罗的英国人请四堂兄和我在东单吃大餐时，我怎样也切不动那块烤肉，到头来它竟飞出盘子，蹦到地上了。

有时，吃食会引起乡思。

20世纪30年代初到上海，朋友看出我想北京，就特意把我带到二马路横街一个弄堂去。老远我就闻到熟稔而且久违了的芝麻酱味儿了。原来那是北京人开的烧饼铺。对我，当时可比什么山珍海味都要香。它立刻把我带回到20世纪20年代。那时冬天上学的路上，我口袋里总装着个刚出炉的烧饼或烤白薯。那就相当于贵妇人的暖手炉。快到校门口我才“开吃”。咽下肚里的不仅是烧饼，还有一路上我的体温。

当记者得学会不挑嘴。在全国范围内跑新闻，什么

“菜系”都会碰上。好在中国酒席总先上几个冷荤，而且它们总守着阵脚，一般不撤。这样，遇到正菜不好下箸——例如西南的辣子，就可在冷盘上周旋。

见报日期：1998.08.27

捉泥鳅与煮泥鳅

董其中

我老家在井冈山下，赣江边上的一个小山村，是依山傍水的鱼米之乡。我上大学前，基本上是在农村度过的，那时候经历过的许多事情仍记忆犹新，令我回味，如捉泥鳅和煮泥鳅便是其中一桩。

当早稻收获后，稻田周边的水沟里尚有少许积水时，泥鳅早已钻入沟内泥中，这是捉泥鳅的好时机。我和小伙伴们打着赤脚，腰间系上一只小竹篓，兴冲冲地奔向田间，挽起裤腿，踏进水沟，同时将一把稻草卷成一团，踩在一只脚下，并使劲向前蹬推，把积水和稀泥排向前方，这时一只只活溜溜的泥鳅尽显眼底，有的半个身子还埋在泥里，有的还在往泥里钻，我们将它们捉住，一只只投入小竹篓（顺便说一下，捉泥鳅须从其头部下手，若从其尾部下手是捉不住的），不多久，小竹篓便沉甸甸的了。我们连蹦带跳，欢快地走在回家的山路上。

再说煮泥鳅。

先将捉来的泥鳅放入水缸，让其存活五六天，使泥鳅肠胃中的脏物倾吐干净。当你要吃的时候，将泥鳅放入一只有一定深度的铁锅内，然后打入几个鸡蛋，顿时，泥鳅异常活跃起来，争食鸡蛋。待到泥鳅体内鸡蛋果腹，体外鸡蛋敷身时，将锅盖盖上，在锅底下点燃起柴火，火势见旺，只听见锅内发出噼里啪啦声和泥鳅微弱的唧唧叫声，片刻，听不见锅内响声了，将锅盖掀开，我们看到的是另一番景象：一只只颜色嫩黄、体态僵硬的泥鳅，横七竖八地躺在锅内，迅即注入清水，并加入自家泡制的酸菜和生姜、食盐等佐料，烹煮四十分钟左右，最后浇入滚油或香油，一锅香喷喷的煮泥鳅便呈现在你面前。

这里提醒一点，入伏前煮泥鳅最适宜，泥鳅煮后骨刺酥软，能将其嚼碎咽下，而入伏后则不然。

泥鳅是产于我国南北淡水中的小型食用鱼类，肉质细嫩鲜美，除煮汤外，还可干炸。干炸泥鳅则是下酒的好菜，近年常见于餐馆。捉过泥鳅的人吃泥鳅，自己煮泥鳅自己吃，更感增添几分味道。

见报日期：1999.01.15

吃的联想

萧 乾

食品在我记忆中能留下痕迹的，往往不是它本身，而是那场合。

小时候对我来说，最解馋莫如大饼卷“盒子菜”（酱肉）。每当妈妈领到工钱，就把我带到一个小饭馆，用她做佣工挣来的钱为我叫上一张大饼和一碟盒子菜。当她看着我的小肚皮一凸一凸的时候，就感到万分欣慰。我问她怎么不也叫一份，她说她不饿。我把我的“号筒”（就是我正吃的盒子菜卷饼）硬送到她嘴边时，她也仅仅肯舔上一口。她还说，看到我吃比她自己吃还香呢。

啊，妈妈的爱多么无私啊！

小时候有个南方同学，我们给他起个外号，叫他“豆腐皮儿”，气得他就回敬，叫我们“土豆”或“白菽”。都着眼在各自常吃的东西。其实，北方人对豆腐同样感兴趣。那时走过北新桥，对我最有吸引力的是豆汁儿。一方面，那也最合我的财力。一张小桌，三面是条凳。坐下来，一碗滚烫的豆汁儿就摆在眼前了，连同咸菜也只消几文钱！

教养高的人，最不习惯于在街上边走边吃，可我对露天吃东西（只要不刮风，没有尘埃）很感兴趣。年轻时我穿一件黑色短皮衣，口袋里装满了刚买到的糖炒栗子（还滚烫的），一路上边吃边蹬着车，十分惬意。

十八岁去潮汕，那里每日三餐的序幕，是吃生蚝。后来又去福州教书，那里菜肴的特点是红糟。然而那只是席面的序幕，同时桌面上用方言进行着交谈，也没人理会我下不下箸。

说起来，新闻记者似乎好当，其实，有时也会碰到考验——包括吃的方面。1938 年我采访滇缅路时，东缅一位“土皇帝”（官名土司）请我赴宴。他把珍品全摆在桌上了，可每一盘都赛过北京的臭豆腐！他以为我不大下箸，是客气，所以就拼命往我碟子里布。

小时候虽然吃过北京的臭豆腐，有过这方面的训练，但是对每碗每碟菜无一不臭，我思想里可缺乏准备！

1936 年，我赴上海编《大公报·文艺》。巴金、靳以和我几乎每天都泡在大东茶室，有时孟十还或黎烈文也凑到一起。我们叫上一壶龙井，然后就有女服务员推着小车来到桌前，小车上的马拉糕什么的任凭挑选。在饮着龙井、嚼着甜点心之间，我们交换起稿件，并且聊着文艺方面的问题。对我，那既是高级享受，也是无形的教育。在当时文艺界那复杂的局面下我没惹出什么乱子，还多亏巴金这位忠厚兄长的指点。

20 世纪 30 年代在上海，我们大都还是单身汉，住法租界的霞飞路——今淮海西路。早晨去老虎灶灌上一瓶开水（每月一元），中午和晚上的饭大都包给罗宋（白俄）馆子。左不过是一盆西红柿汤，厚厚的一片烤肉，也许还有份甜点心。面包算是充分供应，每顿一元。就是那番“锻炼”，使我后来在英国结结实实地啃了七年面包。当然，一边啃，一边还在怀念着家里的烧茄子和打卤面。

20世纪40年代我旅英时，曾专程去东伦敦贫民窟访问过一次加里多尼亚市场。那里的贫民食谱还是相应地高出东方一筹。那条街上有好几家都在卖一种把土豆条和鱼炸在一道的食品，叫“Fish and chips”。我买上一点，托在手心里，一路吃着：是刚炸的，还滚烫。味道确实很香。

其实，英国贵族家庭在吃上面并不都讲究。到这样的家庭去过周末，有时很愉快，有时由于拘谨而受罪。那时我有位澳大利亚朋友，他的木屋就像跨在泰晤士河上。我每次去，他总请我吃烤肉。是围着一只大铛，自己掌握火候，真过瘾。尤其当时英国食物配给十分紧张，每人每月才可吃上几两肉。朋友认识个东伦敦的肉贩子——一个矮小殷勤而善良的都柏林人。他大概不时地卖给他一些。

有时也会碰上十分守法（尤其是英国大世家）的请我去度周末，我往往就得处于半饥饿状态。20 世纪 30 年代伦敦的中餐馆不少，可几乎全是粤菜。盟军把希特勒从巴黎赶出后，我在那里才吃到我国北方的菜肴。同朋友一走进去，首先给我欢快的是大师傅用铁勺在锅上敲出的清脆响声。还有，伙计们那声：“您吃点儿什么？”我心里想，到了这儿，吃什么都香。

新中国成立初期，当包括我在内的大批友人都成为纯螺丝钉，而巴金每次出国经过北京，或来开会时，他总不忘旧雨，必约我们吃上一顿川菜。他很少邀那些虽熟稔而正在春风得意的人。在胡风等人遇到厄运后，席间大家说话都小心了。然而倘若有人偷偷弄个窃听器，也还能挑出点儿刺儿来。每次除了我和洁若，还必有他留法时结识的大教授陈占元和翻译契诃夫作品的汝龙。

最惊人的，是席终总是由巴金打扫战场，看着他青筋凸起，简直和他写文章一样认真。当时我就把他的强健等同他的饭量，使他能够不知疲倦地一天写上七八千字！所以，尽管他曾为出版事业倾注了那么多心血，花费了那么多时间，他个人的文集竟还多达二二十卷，而我的文集却只编到十卷。

三年严重困难时期，我正在唐山柏各庄劳动。那里靠海滨，是鱼米之乡。1961年6月回京，饱尝了饥饿的滋味。那年冬月，为了给老岳母祝寿，我们一家人到王府大街大同酒家去吃了一顿。站在寒风中排了三个小时的队，才轮到我们进去。一小盘炒面要三元，这一餐花掉了半个月的工资。这还不算，老岳母还冻得感冒发烧，差点儿得上肺炎！

改革开放以来，餐厅及饭馆纷纷开起来，菜肴五花八门，丰富多彩。想起困难时期，除伊拉克蜜枣（听说吃了会传上肝炎）以外，什么都凭票供应，真是恍如隔世。另一方面，父母溺爱子女，营养过剩，又出现了“肥胖儿”的问题。

在进餐的方式上，现在我更倾向于西方的办法。咱们是把盘盘碟碟一齐上桌，这样，不管下没下箸，席散之后，剩菜就一股脑儿全倒入垃圾桶或狗食盆里了。西方则由主人掌刀，烤鸡熏鸭横陈在他面前的盘子里。主人切时，望着吃者问数量，绝不硬塞，不浪费，而且十分卫生。

吃饭是件每日必行的大事，为什么没有人出来改革一下呢？这里，涉及经济与卫生两个方面，是值得研究一下的。

见报日期：1999.02.05

年年有鱼

高　深

锦州靠海，水产品很丰富，我家餐桌一年四季不断鱼，而且到什么季节吃什么鱼。

鱼这东西很有营养，据说壮骨健脑的效果最佳。我活了六十多岁，不懂得什么叫牙痛，至今满口牙齿还好好的。有人说年纪大的人身板会萎缩，可我仍然一米八二的个头。有位了解我底细的保健医生说，这可能跟我母亲怀我时吃的鱼多有关系。我出生于营口，那也是个临海城市，旺季里的“臭鱼烂虾”比蔬菜还便宜。所以我相信保健医生的说法。

鱼虽然好吃，可是天天吃，顿顿吃，也有吃腻的时候。每到海货旺季，开饭时孩子们就不耐烦：“又吃鱼，真没劲。”我何尝没有吃腻了的感觉呢，可是我从来不肯像孩子那么坦率地讲出来。我觉得若那么说了就有忘本的味道了。

回顾一下我们的餐桌，大概家家都能讲出几个难忘的故事。

我家有一个传统风俗，不论多么穷苦，不论多么艰难，每年大年初一这天，餐桌上是必须有鱼的。不是为了吃，只是图个吉利：年年有鱼（余）。这是从父母那儿传下来的，据说父母亲是从祖父母那儿传下来的。

20世纪60年代初，中国人的日子碰到了最艰苦的岁月。官方把那几年叫作“三年严重困难时期”，老百姓却叫“低标准”。1961年我在宁夏日报社工作，那年春节前夕，我和往年一样，早早就张罗买鱼，可是跑遍了大小市场、大街小巷，连个鱼苗也不见。眼看着这年的“年年有鱼”就要泡汤了，多少辈的风俗将在我这儿遭到破坏。后来听说郊区有一个跃进鱼塘，养着不少黄河鲤鱼，不供应市场，只供应交际处。我揣上一包存放了半年之久的前门烟跑了去，跟一个副场长拉了半天关系，又递烟又套老乡，拜年的话说了足有一火车，总算花两元钱求了一条不到半斤重的鲤鱼，如获至宝。还有十来天才过年，鱼怎么保存呢？那时候可没有冰箱，得先给鱼套个塑料袋，埋在南墙根的雪堆里，我称它是天然冷库。

除夕夜晚，我去雪堆里取鱼，把雪堆翻了个底朝天，怎么也找不到那条鱼了。是丢了还是叫猫叼去了？我站在墙根处寻思，于黑暗中发呆了好一会儿。没有了鱼，就仿佛没有了一切希望，一家人都打不起精神来。那年大年初一过得静悄悄的，没听见妻子说：“快吃鱼呀，年年有鱼（余）！”也没有听见孩子们喊：“爸，给我择刺儿，我吃‘年年有鱼（余）’！”这个年过得一点儿情绪也没有。

那时，宁夏没有咸水鱼，偶尔靠上海支援一点，也是凭票供应。早些年还能见着黄花鱼、带鱼什么的，“文化大革命”时这些鱼都不见了，过年过节发一张鱼票，也只能买一种很不好吃的“扒皮鱼”。有一次七八个人在办公室里闲聊天儿，东一句西一句，不知怎么就扯到鱼上了。我说：“这几年怎么看不见黄花鱼了？”大家都说渔业生产跟不上大好形势，可能那里的“走资派”还没有打倒，或许是又找到了什么代理人了。人们显然是在调侃这件事。可是这时有一位我平常一向很敬重的同志表示大不以为然，他非常严肃地说：“同志们，听说小日本发明了一种什么光，只要把它打到海里，鱼就都奔光而去，所以我们没鱼可捕了。”一句话把大家说得目瞪口呆，人们面面相觑，对这不经之谈都表现出一种不置可否的尴尬。唯独我不知轻重地冒了一股傻气，很认真地反问：“那可就怪了，‘扒皮鱼’怎么没跑过去？是不是‘扒皮鱼’立场坚定，不受小日本的资本主义诱惑呀？”在场的人禁不住捧腹大笑起来。乐极生悲，第三天我就因为这件事挨了批，罪名是“否定文化革命的大好形势”。帽子很大，不过也就是那么说说而已，大多数人是在逢场作戏，批判过程中也冒出几句调侃性的语言。最后只是让我写个检查便不了了之了。

大概也就是因为我曾经和鱼有过这样一些故事，所以哪怕是一日三餐，餐餐有鱼，我也不允许自己有“腻烦”的想法，不敢说那种忘本的话。一个人常想昨天，爱和昨天比较，这也许是一种很没出息的表现。

见报日期：1999.02.18

庖厨一梦

冯亦代

要我写一篇烧成佳肴整套工艺的文章，明言必须定期交稿，不许借故推诿；正如一道军令，不敢有违。这可苦了我这位只知在食堂排队加塞儿图饱口福，而又恪遵孔老夫子“远庖厨”遗训的“君子”了。我搜索枯肠甚至开眼等天亮，折腾了几天几宵，居然想到了当年在沙洋干校靠剖鱼刮鳞骗吃鱼头的荒诞剧。

干校坐落在汉江边，不远处还有个大水库，盛产大鱼，每尾差不多有一米长，别的干校早已列为打牙祭的美味，可我们干校食堂却未引入菜谱，吃了几次比猫鱼略大的小鱼，从此绝踪。因此招来了纷至沓来的怨忿。管理食堂的头头，听到了众口的意见后，面露难色，期期艾艾地说所以不吃鱼，因为伙房里自从会收拾鱼的人回了北京，虽然继续做过一次鱼，红烧之后，颜色漂亮，上口却苦腥得厉害，所以再也不敢造次。只要有懂行的人收拾，供应就不成问题，大有愿贴招贤榜的架势。

我那时正以莫须有的“二流堂黑干将”及“美蒋特务”的身份，在干校里成为“打倒在地还要踏上千万只脚”的戴罪之身，在监督劳动改造。即使年已半百，仍须每日上下午推拉二百多公斤重的拾粪车来回往返，以图重新做人。认识我的人知道我是个爱吃鱼的饕餮之徒，既不举贤，而我也不敢斗胆作毛遂自荐，不想有一天忽然连部派我去伙房帮厨，一听此令，心里顿时打鼓。我想我自然不会在自己的档案里夸口说擅长烹调，也未见得有人大义凛然，说我是资产阶级生活方式不改告了我的密。于是我只能说我去帮厨不合适，因为我是……。矮个子连长当下训斥道，要你去就去，有什么讨价还价！我只能硬着头皮去报到。想不到伙房头儿派我去剖鱼刮鳞，只在吃鱼的日子要我去帮工，平日不必“有劳大驾”。

原来如此！当下我就把鱼肚剖开，去鳃并挖去内脏，小心摘掉鱼苦胆，刮尽鱼鳞，冲洗干净，我的帮厨工作，就此告竣。我做这些的时候，有一位革命干部在旁看着，起初还以为他是来监督的，但看他虚心问这问那，并称是来学习收拾鱼的手艺的，我当然不敢怠慢，把收拾鱼说得比造原子弹还要玄乎其玄。这样我帮厨一次便剖杀大鱼一尾，并恩准买半个大鱼头佐餐。不久，天气入冬，水库上了冻，不能再买鱼了。到了这年11月将尽，北京传来命令，干校撤销，留校的干部和家属便浩浩荡荡回北京；干校的建筑交给了原来的劳改农场。我原来以为下半辈子要有老死异乡的恶运，接着便一风吹散，跟着回京，真是“来是无言去绝踪”，与干校永远“拜拜”了。

回到北京，糊里糊涂，我又成了“革命干部”，等到郑安娜也由咸阳儿子处归来，我们就住进三不老宿舍的“听风楼”里，一直到她脑出血去世。她在农村患急性青光眼，必须立即到西安就医，但等了一个多月，她的假条才由干校的“官老爷”批准，等到去西安军医大求治，大夫说左眼已盲，只能设法保住右眼，但能否成功，还无法确定。后来回到北京，单位领导还要她去担任培养新干部的英语工作，被我顶了回去。因为安娜眼疾很重，已不比从前。

我们不得不请了位钟点工，帮我们做饭、洗大件衣服和搞卫生等。她不会做鱼，我便自己去买了，由安娜动嘴指挥，我动手一一照办，合作完成。后来女儿要生孩子回家待产，我们才请了做整日的阿姨。这是位管家的老手，便用不着我插手烧鱼了。直到安娜去世，我搬到女儿的同一宿舍，老阿姨也跟着过来。我也从此“远了庖厨”，成了真正的“君子”。安娜教给我的烧鱼功夫，因为久不使用，加之人入老境，记忆力日益退化，这“冯家鱼”便成了绝响，只能为我自吹自擂，做了谈资撑门面了。

至于制作工艺，只记得要买活鱼，收拾得要干净，要说如何入锅做成佳肴，就说不清道不明了。只等我驾返天国，重逢安娜问个明白，再托梦以告，眼下只能存疑，还请读者朋友多多包涵，实为万幸。

见报日期：1999.03.04

飘香的干蒿菜

金 凤

远方的好朋友给我来信。信中说："大理那种很好吃的香香菜还有没有，如有的话给我捎上一点来……"

朋友的话勾起多年前的往事：那时我们一群年轻人聚在北京民族文化宫当讲解员，春节放假后回来，每个年轻人都带来了本民族的特色食品让大家尝尝。我带来了个黑黄色的小土罐，寒寒酸酸的挺不起眼，大家都不在意它。一次聚餐酒足饭饱后，我打开了小罐让她们试尝一点。罐内黄澄澄的山菜泛出诱人的香气，贪嘴的姑娘们都伸出了筷子，开始还慢慢拈，接着就争抢起来，一刻工夫就见了罐底。一位性急的伙伴说："抢什么呀，我还没尝出味儿来呢，只觉得香香的……"大家都笑了，很把她打趣了一阵子。我曾信誓旦旦地保证，过后一定再捎来这种香香菜。但几个月后讲解工作结束，各自天南海北，渐渐少了音讯。十多年过去了，朋友来信中还提及此事，使我又高兴又内疚，觉得欠了朋友一份情。

这种"香香菜"在我们大理是另有名字的，叫"干蒿菜"，是地方名蔬之一。清朝末年，大理文人张继安在苏杭一带做了个小官，苏杭是美食珍馐的王国，但张氏却忘不了故乡的干蒿菜，给家人寄回了"世间不须熊掌席，苍山只求干蒿菜"的诗句，这诗句在白族民间广为流传，大量本地人外出做事，总要带上几罐干蒿菜，以解口馋和思乡之苦。

"干蒿菜"是白族语，译成汉话便是"干芹菜"的意思。我不懂得植物分类如何区别，这种"干芹菜"与市场上常见的芹菜相似，但侧茎从根部发出，紫红脉络，叶绿且厚，延及茎的下部，散发出特殊的芬芳气息。此菜主要生长于海拔二千五百米上下的苍山马龙峰、玉局峰与雪人峰之间，其他地域似属罕见。干蒿菜的采撷时间为秋末冬初，收成期间，在大理及下关农贸市场均有出售。干蒿菜的制法是：将鲜菜洗净晾开，吹干水分后用滚开水烫一次，切成细段，适量掺入盐、辣椒面、红糖，稍腌制后，每五千克干蒿菜可拌上二百五十克熟菜油、二百五十克炒芝麻，使其油亮醇香。配料与菜料拌匀后，储入黑土陶小口罐内压装，封口放存两个月，便可食用。干蒿菜酸中带甜，麻辣适中，油而不腻，奇异的清香中带有微微的呛鼻味。对在外乡的大理人来说，酒肉席间用以佐饭，不仅大开脾胃，而且是在享受人间难得的美味。

应该说，朋友的信来得正是时候，青青的干蒿菜刚刚上市。星期天，我买回了几大捆，忙着清洗制作，腌了好几罐，分别给几位远方的好友寄去，让飘香的干蒿菜代表我的情，代表我的思念……

见报日期：2000.02.12

小蒜味长

黄开林

相对大蒜而言，小蒜就太微不足道了，严格地讲，充其量只能排在野菜之列。难能可贵的是，它既可以当菜食用，也可以当佐料调味，还可以供人观赏。大蒜食后嘴里总有那么一股难闻的味儿，而小蒜却让人唇清气爽，齿颊留香。

每当早春时节，婆就要提篮荷锄到二荒地去挖小蒜。她对这种野菜太熟悉了，哪个地方多，哪个地方大，哪个地方密，无不烂熟于心，如数家珍。有时她把我叫上当帮手，怕我不乐意，就用物质刺激：“晚上煎小蒜鸡蛋吃。”一听就让人流口水，乖乖地上了坡。

小蒜似乎比别的植物出土得早，东一簇，西一撮，有的像隔壁二丫散开了的麻花辫，又像是雷子炮上的药捻子。颜色墨绿，油汪汪的似能拧出春色来。别看小蒜细皮嫩肉，用手很难拔起来，弄不好叫你人仰马翻，它纵是身首断裂，也不轻易就范，有宁折不弯的个性。一个下午，婆孙俩就挖了半筬篮回来，倒进清亮亮河水中洗净，一清二白，楚楚动人，格外水灵。婆让我朝灶膛里添柴，她把小蒜切碎放进碗内，再打两个鸡蛋，放上细盐，端起来用手轻摇几下，待鸡蛋完全浸入小蒜内，再倒入冒烟的油锅里，只听刺啦一声，香味儿就扑鼻而来，等略呈黄色再翻过来煎，有八九成熟时便铲到盘中。看着这黄绿相间的鸡蛋饼，我就急不可耐，婆铲一坨过来，我就咬一口，那油而不腻的清香味儿经久不散。第二天，婆又用小蒜蒸了一碗鸡蛋霉豆腐，松嫩软和，开胃解馋，极易消化，只可惜饭不够吃，要不然还得添上一碗。几碟菜里样样都放有小蒜，婆说大蒜虽好这阵还不能吃，小蒜是草味却久长，当蔬菜青黄不接时，它就是宝。

婆早已作古，故乡的小蒜也有许多年没尝过了。前不久回草鞋垭为父亲祝寿，他忙不迭地从泡菜坛里抓了一大碗小蒜下酒。其叶黑青，其茎微黄，其果雪白，色香味齐备，鲜脆嫩兼得，真是艳惊四座，香溢八方。

回城时，父亲特意从干腌菜坛内给我装了一塑料袋，经过去水，加盐、花椒粉、辣椒面、生姜末腌制而成的干小蒜段儿，那真是别有一番滋味在心头。

小是大之源，戒小恶可以保本真，积小善终能成大德。当我慢品细嚼父亲送我的腌小蒜时，我想起婆带我挖小蒜度荒年的情景，也想起婆那句随便说出来的大实话：小蒜味长。

见报日期：2000.12.09

酒　趣

郑有义

酒的发明，实在是上苍对人类的一种赐予，一种普度众生的造福。欢庆、祭祀、祈福、祝捷、相逢、壮别，没有酒便少了许多情趣。不能想象，这个世界上没有了酒，该是个什么景象。

不必说曹阿瞒“何以解忧，唯有杜康”的千古绝唱，也不必说赵匡胤“杯酒释兵权”的帝王丰采，李清照“三杯两盏淡酒，怎敌他晚来风急”的郁郁之思，酒仙李白的“举杯邀明月，对影成三人”的宜人孤独，“且就洞庭赊月色，将船买酒白云边”的静谧悠远，杜甫“朱门酒肉臭，路有冻死骨”的忧民慨叹，更有“酒味冲天，飞鸟闻香化凤，糟粕落地，游鱼得味成龙”这般大夸张、大想象的楹联，把个“酒”字弄得天上人间、古今中外第一品，真是美哉、奇哉、快哉！

酒如万花筒，折射人间百态。一方水土养一方人，一方人喝一方酒。南酒之悠长绵远，恬淡清芬，北酒之味纯度高，浓烈无华，洋酒之苦冽醇芳，荡气回肠，无不融合了酿造者、饮酒者的地域文化特征，乃至性格、信仰及人生态度。北方人大块吃肉、大碗喝酒之豪爽，南方人浅酌轻饮、品味把玩之细腻，无不如是。酒，使人返璞归真，亦使人原形毕露。酒，可壮侠肝义胆，成风云失色之伟业，亦可造酒徒于高阳，令志士功败垂成而饮恨长天。酒之毁誉径庭，酒之趣、之魅力千古不衰，也许正缘于此。

我以为，酒本无趣，有情乃芳，有“三无趣”“三有趣”之说。一无趣，应酬。既无情分，亦无酒兴，只是一种需要，一种迎来送往的无奈，人人巴不得顷刻结束，却又做相见恨晚状。这种官场客套、商家酒宴，实在无聊无趣无味。二无趣，酗饮。少不更事时，浓醉酗饮尚不以为意，一夜大睡即可活脱脱还原。近年来，以不惑之躯，对“喝大酒”已着实恐惧。醉貌如霜叶，虽红不是春，一场大醉，如恙十天，心境全坏，何乐何益何趣之有？三无趣，强劝。这东西很复杂，义气有之，情分有之，聚兴有之，实不可一概而论。有人以酒态褒贬人之文野，我总不以为然。我以为，氛围出酒趣，完全随意，“文明”是“文明”了，实在也很索然很无味。然而野蛮状地强逼硬劝，“感情铁，喝吐血”之类，亦真令人胆寒，取其中为上。

酒，又三有趣。一有趣，闲适。心境闲适，则独酌有独酌的宜人，聚饮有聚饮的兴致。环境闲适。厅堂之内，似有若无、潺潺流水般的轻音乐相佐，有趣。“回归大自然”，瓜棚架下，湖畔水边，林中月影，相约小酌，其趣天成。二有趣，微醉。所谓酒喝微醉、花看半开。唯其略有酒意、神清心明却五体通泰之际，方独有一种醉看世人、醉品人生、醉中乾坤的风景，方为饮酒之佳境。三有趣，会友。所谓“老铁”的朋友，社会上自然各扮角色，此刻却无身份高下，无等级尊卑，可以无须面具、无拘小节。即使偶一有醉，纷乱繁累的社会角色扮演之余，片刻的超然物外，片刻的调整、放松、小憩，何止是趣，真真算得人生一小小的奢侈，难得的一份享受了。

见报日期：2001.01.25

芜湖油煎包

薛来彩

芜湖是长江中下游重要的港口，明清时期就是江南最大的米市，南来北往的人很多，因而，南北风味小吃都在这里荟萃。在众多的风味小吃中，我最喜欢吃的是芜湖的油煎包。

十年前，我在芜湖一所大学念书，学校旁边的渡春路就是小吃一条街，这对于我们学子来说，真是幸运。

出了学校门口，便能闻到一股糯香味，做油煎包子的是一对中年夫妻，他们都穿着干净的白大褂，男的揉面，女的煎包。女的很清秀，是那种端庄的清秀，她虽然干的是粗活，却很有一种雅的气质，若是走在大街上，你定会把她看作白领丽人。他们俩配合十分默契，一锅包子煎出，另一锅包子已经包好上锅。

包子很小，如汤圆那么大，整齐地排列着，上白下黄，油而不腻，糯而不黏，正好一口一个，尤其是外面一层黄黄的皮，十分清香可口，没有一点儿硬涩，这就是火候和功夫。一般的油煎包不是煎糊就是煎生，像这样恰到好处的很难，这也就是芜湖油煎包的独特之处。油煎包通常有两种，肉馅和菜馅的，价格都一样，十分低廉，才八分钱一个。通常我是买十五个，边走边吃，走到镜湖边的观岚亭时，正好吃完，然后擦擦嘴和手，在观岚亭中看看碧水荡漾的镜湖风光，做做深呼吸，再走回学校上课，那份惬意，真是！

毕业前的那天，我又特意去买了一次油煎包。接过油煎包，我恋恋不舍地叹了口气说："以后再也吃不到这样的油煎包了。"女的听了，抬起头十分疑惑地望着我问："怎么啦？""我要毕业了。"女的没有说什么，只是默默地从钱箱里将钱还给我："今天不收钱，我们请客！"我不肯要，她硬将钱塞给我。我走了很远，又情不自禁地回过头来看着那对做油煎包的夫妇，心中有一种温暖。

后来，只要一想到芜湖，想到大学时代，我就不自觉地想起芜湖的油煎包……

见报日期：2001.05.17

土豆情结

孙士杰

蛰居京城近三十载，我依旧不改老习惯：吃早点必熬一大壶奶茶，比蒙古人还像蒙古人。冬天，喝下几碗滚沸的奶茶，身上微微沁出热汗，便会想到牧人用过早餐策马在风雪中出没的情景，仿佛有一种勇武雄悍的感觉。

但我要说，奶茶之外的另一样食品，更为我所喜爱，那就是马铃薯，俗称土豆或山药蛋。查植物志可知：

土豆属一年生草本，块茎繁殖，开白色和紫色的花，果实兼作蔬菜和粮食，又是淀粉和酒精的原料。此种食用植物，据说始出南美洲，何时引进华夏未及细考，想来是很久远的了。在我国北方诸省区，土豆是主要农作物之一，是城乡居民不可缺少的大众食品。

三十九岁以前，我生活在塞外青城呼和浩特，住的是单位分配的平房。家家门前围个小院，搭间凉房，院内都有一口菜窖，深秋时用来储存土豆、胡萝卜、圆白菜。土豆入了窖，既可防冻，又可保持水分，随吃随取，非常方便。家庭人口多的，每年要买六七百斤，一直吃到第二年时菜下来。刚上市的时菜贵，一般人家吃不起；假如没有土豆垫底，老百姓的光景是不可想象的。

按照正宗的吃法，莜面和土豆不分家。小时候，我们家穷，娘很会精打细算过日子。那时候，莜面和白面一个价，可莜面吃了耐饥，家里逢年过节才能吃点儿白面，莜面就是平时最好的饭食。推“窝窝”，搓“鱼鱼”，蒸“丸丸”和“傀儡”，都离不开土豆。主副搭配，花样多多，可口而又实惠。我至今还记得，后山一带用农家肥种植的土豆，人们特别喜欢，煳一锅熟了，黄的皮紫的皮都爆开了花，满屋子弥漫出香气，吃着沙沙的、面面的，多少有点儿甜，味道好极了。

我原先供职的杂志社，有位姓梁的老厨师，跟我挺谈得来。此人年轻时在北海仿膳掌过勺儿，后来到内蒙古的卓资山待了些年。梁师傅见我总爱买土豆菜，就说："吃了几十年土豆，没吃够啊？"我说："没吃够，还馋着呢！"实话实说，我就是吃莜面和土豆长大的，这也可以说是我钟情土豆的人文背景吧。

在北京工作的这许多年，我当过编辑，做过公务员，在研究单位任过职，经常外出采访呀调研呀，免不了要参加一些饮宴。山珍野味，生猛海鲜，都见识过不少次；觥筹交错，你来我往，也能对付几个回合。可是，吃罢喝罢之后，往往感觉肠胃不适，不如吃家常便饭、土豆白菜那样舒服。

素日在家用饭，我会做几样土豆家常菜，譬如清炒土豆、醋溜土豆、拔丝土豆、猪肉炖土豆白菜粉条儿等。

偶尔出门办事来不及回家吃饭，我会在随便一家小饭馆坐定，一碟凉拌土豆丝儿，一个小瓶二锅头，一盘炒饼什么的，吃得津津有味，同时津津有味地聆听一番市声民情，街谈巷议。正如俄国作家契诃夫说的："如果必要的话，不妨在码头上，在什么地方的小船上，在草原上过夜""要尽量坐三等车，有时候在那儿可以听见有趣极了的话……"

孔子曰："君子怀德，小人怀土。"我的始终不变的土豆情结，就证明自己是凡夫俗子，"小人"一个。有道是"江山易改，秉性难移"，这实在是迂拙到无可救药的一种食癖。

见报日期：2001.05.24

又闻野菜香

陈发仁

那年清明时节，我们全家一起到合肥北郊去祭祖。田野上，油菜花金灿灿的，麦苗绿莹莹的。田埂上、岗头边，沟沟坎坎长满了各式各样的野菜。在亲戚的介绍下我们认识了野油菜、豌豆头、马齿苋、野豌豆，还有青蒿菜、马兰头等。记得父母在世时，春天常常带我们去郊野挑许多野菜，带回家里，除根、洗净、剁碎后和上些渣面、米粉什么的，美美地做上许多蒿子面粑粑、蒸马齿苋，有时还将荠菜剁碎放上些豆腐干、粉丝，做成一盘盘饺子煮着吃，野菜那特殊的香味真是迷人至极。

亲戚留我们吃晚饭，盛情难却之下，我提出吃野菜的要求。亲戚说：“没问题，我们马上动手挑野菜。你看马齿苋、野青蒿、野豌豆、荠菜到处都是。”说着，便在岗地上挖起野菜来。我和爱人及孩子们都围上去，没有那么多的小铲子，便索性找了个小木片，有的就用一串小钥匙，兴高采烈地挖起了嫩绿的散发着清香的野菜来。

在城里每天去菜市买现成菜的日子早已让我们觉得平淡乏味，今天自己动手满地挖起鲜嫩的野菜倒别有一番情趣。我在油菜地边深深地呼吸着散发着泥土芳香的空气，真是心旷神怡，仿佛又回到儿时随着母亲一起挖野菜的甜蜜的日子。一旁的孩子们你一言我一语欢快地挖着野菜。那天好像荠菜和马齿苋特别多，于是我们便决定包顿荠菜饺子吃。

天渐渐地晚了下来，夕阳将整个田野映照得格外迷人。不远处的水面上波光粼粼，泛着金色光芒，一群群鸭子在池塘里戏水浮游，将金色的池水拍打成满池的碎金。河边的垂柳顺着微风婆娑起舞，鸟儿的啁啾和几头水牛的哞哞清唱，仿佛在给我们演奏一曲优美的田园交响乐。是啊，在城里经常伏案工作，川流于城市的喧嚣中，现在一下子回到大自然的怀抱，真让人有说不出的快乐轻松。

晚餐在灯火通明的堂屋揭开序幕。堂屋布置得很漂亮，尤其是那张八仙桌明晃锃亮，十分美观、大方。女主人为我们做了丰富的野菜宴。主食是荠菜饺子，饺子的馅儿用荠菜和煮熟的粉丝、猪肉等调拌而成。大盆的饺子端上来时，我们蘸着拌有醋和大蒜的调料，可口地吃起来。女主人将马齿苋、野豌豆洗净后，拌上许多面粉，做成了一个个野菜粑粑和野菜烙饼。烙饼带着淡淡的苦涩，粑粑却异常清香可口。我怎么也没想到，清明节这一天还能吃到这样美味的野菜宴。

我和妻子及孩子们连声称赞野菜的芳香，你一言我一语地夸起女主人的能干。这时，女主人又为我们端上来一大盆浓浓的琥珀状的野菜羹，别出心裁地名之曰“野菜合家欢”。这是将剩下的七八种野菜剁碎，再加上些虾皮、辣椒粉放在一个大锅里煮熟做成的。我们用汤匙一口一口地品尝，清香的野菜有着翠绿的宝石般艳丽色彩，色、香、味俱全，这真是大自然馈赠给我们的欢乐。

见报日期：2001.07.26

清涧粉条记

贺永军

在陕北有很多以粉条为主要原料的特色吃食，如三鲜粉汤、羊血烩粉、油粉蒸饺、蛋粉韭盒等，都是谁听谁爱的美食。陕北粉条，又数清涧县出产的手工粉条晶莹透亮、入口滑爽为上品。

清涧粉条好，是因为这个地方水甜人实在。每年冬季农闲，清涧大多数农户都会挑选最好的土豆滤制粉芡，加工成有圆有扁、有粗有细的粉条。村村落落，一挂一挂银丝般的粉条晾晒着，织成一片雪白的世界，构成冬天清涧特有的一景。在十几年前的清涧，冬春两季长达半年的时间里，除过土豆、白菜、萝卜这三大样外，再没有其他的蔬菜。只有个别家景稍好的人家，还会在临近过大年时生些豆芽，磨点儿豆腐。一般来说，耐贮易存、味美可口的粉条就成了家家户户逢年过节、酬宾待客时必不可少的首选之物。而用粉条做菜，也就成了清涧人的拿手好戏，肉炒粉、猪肉攓板粉、猪肉炖粉条、酸菜粉熬肉、小炒猪肉粉，多不胜举。均以粉条为主，配料大同小异，却烹调出色、香、味各不相同的菜肴。单听那些菜名，明白实在，不藏不掖，容不下半点虚情假意，把清涧人热情爽直、质朴厚道的性格演绎得淋漓尽致。作为清涧人，粉条留给我最深的印象，还是十多年前吃过的一碗“金线吊葫芦”。那会儿，我在外地一所卫校上学，寒假期间，与同班又同乡的一个叫小菊的女同学约定，到她乡下家里去“吃粉条”。记得那天下着雪，走到那个叫白李家河的村子里，小菊全家人早已在硷畔上迎着。刚进了门，不由分说就被推到烧得滚烫的热炕头坐下，小菊一家便一齐动手，叮叮当当做起了饭。不大一会儿，就见小菊抿嘴偷偷笑着，把一只热气腾腾的大瓷碗拥到我手里，旁边小菊只有十来岁的弟弟在大人们的呵斥声里跳着脚直喊："金线吊葫芦了！金线吊葫芦了！"我用筷子在碗里一挑，碗底竟是那时只有招待稀贵客人才用的头茬麦面皮儿饺子，上面堆着我最喜欢吃的用酱炒成金黄色的细粉条，喷香扑鼻。"金线吊葫芦"的香味加上小菊全家的热情，让我就像云里雾里飘着一样，只觉得此味只应天上有。

开学后，我同几个家在农村的要好同学说起在小菊家"吃粉条"的经过，不料竟惹得大家哄堂大笑："大傻子，这下你可麻烦了。那是人家招待女婿客才给吃的饭呀！意思就是要用粉条'金线'把你的人拴住，用饺子'葫芦'把你的心收住！"我如梦初醒。时过境迁，但那"金线吊葫芦"的味道和神话般美好的意境，却还是让我至今难以忘怀。

如今，在清涧县城郊已建有近百个蔬菜大棚，一年四季各种各样鲜菜不断，而清涧粉条还是热销不衰。有些菜容易让人吃腻，唯有粉条，无论凉拌热炒，蒸煮烩炖，四季皆宜，让人百吃不厌。唯一的变化，就是人们在钟爱手工粉条够筋够韧有嚼头的同时，也开始喜欢选购清涧一家饮食企业自行开发生产的优质速食粉条，这也许是清涧人为了适应和追赶现代生活快节奏的缘故吧。

见报日期：2001.08.25

鸭脚包

王斌俊

去年国庆节期间，我回皖南宣城探亲。仅三四年未归，家乡的模样却让人难以相认了。城市变化还未及细加了解和体味，饭桌上的一道家常菜却给了我一个惊奇。

落脚甫定，就赶上一顿丰盛的午餐——就是那种司空见惯的家宴。未待就坐，小妹夫即有点神秘地告诉我：“等会儿让你尝尝一种新玩意儿。”“什么新玩意儿？”我有点儿奇怪。我是从这儿出去的，家乡还有何吃食是我不曾吃过、见过的？何况我还隔那么三五年就回来小住一些日子呢！“是‘鸭——脚——包’！”从妹夫嘴里一字一顿说出了一个新名词。

就座。一会儿大妹端着一个冒着热气的盘子走上来，边碎步走着边成心吆喝道：“鸭脚包来喽！”话音刚落，麻利地将盘子一下子放到桌上，说：“尝尝吧，还没见过吧。听说你要回来，成明特地到街上挑着买的。你走时，再买些带上……”我这边已顾不得听她说，凝神瞅起盘子。只见盘中码着十多只鸭掌，深暗的颜色，褐里透红，泛着油光，颇像瘦腊肉的色儿。那鸭掌可不是伸展开的，而是被像绳索似的什么东西紧紧地缠裹了起来。这玩意儿当真好吃？

我夹过一只，索性下手摆弄起来，想一明就里。一边，妹夫结合实物介绍起来。小外甥也不甘寂寞，热情十足地争相解说。虽还未入口，他们赞赏的情绪已感染了我，不禁涎液顿生。“这外面缠的是鸭肠子！……”哦！第一个“配件”就出乎我料，使我的好奇心有增无减。“这里面到底包的什么？”我有些急迫。妹夫答道：“鸭心。”

再一尝这蒸熟的鸭脚包，果然风味独特。像广式香肠的味儿，但又不似它那样稍嫌油腻。像酱鸭掌，但比它更加筋道、耐嚼，味道更加香浓。而且一个包上三种原料的口感又各有滋味，可谓统一中有差别，共性中显个性。用其佐酒十分地好，用来就饭亦十分下饭。确实是一道美味佳肴啊！

言犹未尽，妹夫接着便给我说明这道美味的制作工艺，好像他经过专门培训似的。有滋味的东西大都经过比较复杂的制作过程，鸭脚包自然也如此。先得按照特定配方，用各式佐料配制好汁儿，再将洗净处理好的鸭肠、鸭心和鸭掌分别放入其中腌渍。各自浸泡一定时间，再用人工一个个地缠扎成形。这最后一道“组装”工序，委实需要一双巧手：先将鸭心配上一条鲜姜丝放置鸭脚掌心，卷起掌蹼包裹起来，再用一段鸭肠缠扎好。虽非用模具生产，可扎出的成品却几乎一模一样。然后用细塑料绳把扎好的鸭脚包一个个拴上，连成一串，挂在不直接晒到阳光的地方风干。

聊着聊着，我得知，这美味的鸭脚包并非外来，纯属本地人士近年之发明。其最早的诞生地据说就是离市区几十里路的水阳镇。美味借市场而行远，市场借美味而拓展，鸭脚包一下子风行了宣城。我不由得从心底叹道："真有你的，水阳老乡！"随即，不禁又生一问——这次是问自己：这鸭脚包，里面包的到底是什么？我分明有这样一种感觉，小小的鸭脚包，包着的是水阳人创新发明的心思，开拓进取的意识。

若不是赶着到上海，那次我就去了水阳。不过，我还是把两挂鸭脚包带到上海，带到南京，带回了北京。

见报日期：2001.08.30

湘西粉糍粑

张世旺

转眼就到八月十五。在湘西，尤其是在湘西辰溪一带农村，有这样一个风俗，八月十五那天，不管是结了婚的还是未曾结婚的男人，都要去给岳父或未来的岳父送上一份礼（当地人叫送篮）。礼物中，除了烟糖酒肉之类，还有一样礼物不可少，那就是粉糍粑。少了，对方就会不高兴，甚至让你吃闭门羹。有一个后生送礼那天买了一百个包子替代粉糍粑，结果，被未婚妻堵在门外不让进屋，后生只好返回家去，从邻居那里买了一百个粉糍粑再给送去，未来的岳父一家这才去掉满脸的不快，敞开了大门。

粉糍粑，既是湘西人八月十五送礼必备的礼物，也是湘西一味独特的吃食，其味道，是其他食物无可比拟的。并且，许多远离故土在外工作的游子，中秋节那几天，粉糍粑都会进入他们的梦乡。

粉糍粑虽然好吃，让人过齿不忘，但做起来却颇费工夫。首先，你得把蒿菜找来。这些蒿菜树都长在湘西山坡的高坎上或刺蓬里，要想得到它们，就得不怕从高坎上摔下来，不怕刺刷破了衣服和手脚，甚至还要不怕被黄蜂蜇。蒿菜找回来后，剔去蒿梗，蒿叶择净用水洗过，然后倒进锅里用水煮，一直煮到蒿叶烂了，发黑了，再同糯米粉一起拿去碓房舂。舂的时候一个人还不行，要两个人，一个人舂碓，一个蹲在碓坎边上，手拿一根茶杵，舂一下，翻动一下，舂一下，翻动一下，直到舂好为止。但对“好”的掌握，这又要看个人的经验和耐性。舂的技术越高，舂的时间越长，粉糍粑就越筋道，越软和，越好吃，所以轮到老年人去舂，他们就显得极有耐性，一下一下，总比青年人要多舂那么几个时辰。从碓房回来，还有一道做粉糍粑整个过程中最啰唆的工序。具体做法是：先用刀将舂好的糍泥砍成几大块，在面案上用力揉软，再撕成一小坨一小坨，搓几下两只手掌重重一压，成了一块厚厚的皮子，然后交给旁边打下手的，舀一勺碎芝麻和红砂糖掺和成的馅放在里面，包好，再在外面抹一点儿香油，用桐叶包了，然后送到灶上锅里去。大火煮上一两个小时，直到满屋子都飘出粉糍粑浓浓的香味。这时候，你就可以揭开锅盖，抓起一个往嘴里送了。

煮熟的粉糍粑，剥开桐叶，只见有小孩的拳头那么大，黑亮黑亮的，咬一口，满嘴生香，并且又甜又软和，吃一回，保准您想吃第二回。吃上三回，您就忘不了湘西啦。

见报日期：2001.09.22

烤红薯

黄杨木

我喜欢吃红薯。每年桂子飘香时，我都要妻买十斤二十斤回来。煮着吃，清甜清甜的；蒸着吃，粉粉的，跟吃野菱角一样，特别香。但我最爱的还是用锡纸包上红薯放到微波炉里烤着吃。一打开锡纸，剥开微焦的一层皮，一股甜香直冲脑门，那真叫人馋，馋得流口水。待到吃进肚里，回味无穷。那个美呀，真没得说。不信，你试试。我喜欢吃红薯还是从当兵开始。1960

年，正是六亿国人捆着肚皮渡难关的时候，我当了一名空军飞行员。照说，飞行员不会饿肚子吧，可我偏偏饿了肚子。那个年代飞行员是军官。我们这些学生兵，必须到陆军当兵锻炼。我被安排在山海关陆军某部当战士。我们连是抗美援朝的英雄连。虽然在平时，军训仍然抓得很紧。射击刺杀、越野拉练，运动量很大。真难为我这个城市兵，每天摸爬滚打居然挺过来了，就是有一点儿吃不饱。当时，老百姓已经在吃三合粉，当兵的仍然每人每月四十五斤口粮。为了不忘本，军区动员每人节约三斤粮捐给老百姓。师里又留下三斤作为战备粮。连队做饭时，每次留一点儿。吃到我们肚里，也就每天一斤多一点儿。没有油水肉食，十七八的大小伙子，饿肚子也就可想而知。我每个月七元钱的津贴，几乎全买了黑色的古巴糖吃了。一个清冷的夜晚，我睡不着，肚子饿，在床上辗转反侧。忽然听到老班长压低嗓门叫我们起床。我以为是紧急集合，一骨碌翻身爬起，打上背包，别上军用铲，扛起枪，第一个冲到操场上。等队伍集合齐，我一看，也就我们一个班。

老班长什么也没说就带着我们出发了。

明月当空，十二个人悄没声地急急走进了银装素裹的关外山坡上。远处，巍巍长城，宛若长龙，若隐若现。四周万籁俱寂，只有几只蛐蛐在叫。我们走到一片已刨过的红薯地时，老班长突然下达了命令：卧倒。我们立即成战斗队形散开，端起枪卧在地上。老班长又下达了命令：构筑工事。我卧在地上，从背包上拿下军用铲，低着头，一铲一铲把土往脑袋前面的地上堆，很快就堆起了一个小山包，也就是卧式掩体。我正把枪放上掩体，准备进入战斗状态，忽然听到一个战士惊喜地喊，老班长，好大一个白薯（北方人把红薯叫白薯）。这时又有一个战士叫，老班长，我这儿也有一个。说也怪，经他们一叫，我也发现了一个不大的红薯。我仔细搜寻面前的土堆，一连又发现了好几个大大小小的红薯。我把它们拢在一起，竟有一小堆，在银色的月光下泛着红光。肚子又咕咕叫开了，看着这粉嘟嘟的红薯，实在叫人喜不自禁。

大约一个小时战斗结束。老班长简短讲评了演习的情况，然后要我们把刨出的红薯集中起来，想不到竟有十来斤。老班长又叫我们拾柴，打水，和泥。不一会，火生起来了，我们把一个个红薯用泥糊起来，放到火里烤。老班长掏出一包香烟，里面就剩一根了。他抽出香烟，拿着一根烧着的柴点着了烟，美美地抽了一口。看着老班长惬意的样子，我蹭到老班长身边，轻声问道这会不会犯纪律。老班长浅浅一笑，说不会，我们不吃就叫拉拉蛄吃了。我一想也是，那会儿还是人民公社，社员吃食堂，集体收庄稼，活做得粗，而且，收过之后，再不会刨第二次。我们不吃，也就美了小动物。何况，我们一个个肚子饿得直叫唤呢。我想，这也算是“兵粮因之于民”吧。一边说着话，老班长一边用香烟盒里的锡纸包起一个不大的红薯放到火里烤。

篝火还在燃烧，大伙兴高采烈地加着柴，翻烤着红薯。渐渐地，一股甜甜的略带焦糊味的香气弥漫开来。我的肚子又叫了。不知谁喊了一句“可以吃了”，大伙立马七手八脚把带泥的红薯从火灰里扒出来，剥去泥，连皮吃起来。老班长把他用锡纸包着烤的那个红薯扒出来，剥去锡纸，然后把烤得黄亮的红薯递到我的手上，朝我点点头。我看到老班长那真诚的笑脸，接过了这特制的烤红薯。我小心翼翼地把红薯掰成两半，一股浓香扑鼻。我舍不得吃，将一半递给老班长。老班长轻轻推回给我，柔声说，你年轻，将来的担子还很重，吃吧。不知怎么的，我忽然心里一颤，鼻子一酸，眼泪就直往下掉。和着泪水，我一小口一小口地吃着烤红薯。老班长一直看着我吃，微微地笑着。

自打那以后，在军训中我就觉着浑身有一股使不完的劲，在军事考核中还被评为神枪手。后来，我转业到公安机关，转战南北，侦破了不少大案和要案。再后来，我又改行当了律师，现在已经是高级律师了。我仍然一直钟爱烤红薯，更忘不了老班长那句常挂在嘴上的话："没有上不去的山，没有过不了的坎。"

见报日期：2001.11.08

烫干丝

刘小峥

干丝可煮可烫，是一道苏扬风味菜点。别处间或有之，但我总觉其形备而神不足。然而这也许要怪自己浅陋，本不应苛求他乡宝厨的。

干丝亦即切成细丝的豆腐干，韧韧的，很有嚼劲儿。南京的馆子里面，“大煮干丝”是一道家常菜，爱吃的人以油大味重为美，肉丝、开洋、香菇、姜葱，少哪一样都不适口。最好再加一勺鸡汤，武火猛焯，末了撒一把白糖下锅，热腾腾地端上来，您请！

与大煮干丝不同，烫干丝不能算作菜肴，它根本就是一道小点。“扬州人”朱自清先生，在北京清华园遥忆家乡烫干丝，虽然淡淡几句白描，但那一份厚重如磐的乡思，却让每一位从雨巷中走出的广陵客，在梦中也要吮一吮唇吻的。扬州的茶馆，一般都叫茶社，不仅普遍，而且名号极雅。像城里的富春、文杏园，城外的冶春、虹园，分明就如海市蜃楼一般。自清先生不愧是神仙中人，他这样写道：“用开水一烫，干丝便熟了；逼去了水，抟成圆锥似的，再倒上麻酱油，搁一撮虾米和干笋丝在尖儿，就成。”“烫干丝就是清的好，不妨碍你吃别的。”这末了一句，才真正是烫干丝神韵之所在。小小一盏干丝，不唯不是菜肴，甚至连点心恐怕也算不上的。它的名分，似乎应属饭前开胃品，与吃西餐之前喝几口开胃酒是一样的道理。

对于昔日扬州茶社的规矩，我不甚了了，但知道南京夫子庙一带的茶楼，烫干丝这个行当全由堂倌包办，所得赏钱不进老板柜台，算是堂倌用辛苦换来的“酒资”。如今时过境迁，腿勤嘴甜的堂倌早就成了老人记忆中的一道风景，在南京也已经很难再吃上地道的烫干丝了。

要品味烫干丝的清韵，还得劳您驾，亲往扬州跑一趟。一道纵贯南北的街面，旧日是条“的的刮刮”的通衢大道，现在已逼仄得仅容一辆中巴车钻过。弯进德胜桥巷口，沿着青石路面及两旁的木板门铺，走不几步就到了富春茶社。扬州人吃早茶，其意倒是在各式点心上面的。一般是叫一笼杂色，三丁、五仁、豆沙、菜肉、油糕、翡翠烧麦，全都齐了，价钱也算相宜。富春点心馅好，面发得也松软，吃过这里的点心，“宋神宗夜半之思”的毛病，大约这辈子就躲不掉了。烫干丝也还有，不过客人不常叫，喜欢的反而是煮干丝，高高地堆一盘摆在八仙桌中间，就着一壶炒青吃。这无疑是公馆里早酌的余风，只不过将酒盅换作茶盏罢了。

倒是盐城的早茶店里，往往可以看见慢悠悠的老者，携一瓶自带的烧酒，用店里的白瓷小盅儿一口口抿，面前一小盘煮干丝是他的下酒菜。这样的早酒喝不多，两三盅儿过过瘾便足够。然后叫一碗光面，拌上麻油、酱油、醋，香喷喷地吃饱。这才款款起身，会了账去公园遛鸟儿，或是找老朋友聊聊天。

古往今来，但凡太平盛世，白头翁的杖头钱总是不缺的。

见报日期：2001.11.15

洛阳水席的韵味

岑　枫

有外省朋友到洛阳来，午餐我们吃洛阳水席。这水席的名称是怎么个来头不知道，但大家各有自己的解释。有人说这是在很多人吃饭的情况下，来一拨吃一拨，吃完就走，像流水一样，谓之水席；有人说，这是依据菜的特点而得名。也有人说，是从满汉全席演变而来。

这洛阳水席，也真是独具风味。洛阳水席的每道菜，都离不了汤水。就像川菜以麻辣为主，粤菜以微甜为主一样，洛阳水席则以汤胜。这汤，就像一首演奏的音乐，徐缓有致。开始时味道淡淡的，然后味道逐渐变浓。然后由咸味加进少许的酸味，再加进点麻辣，然后再变为甜咸味。我不知道这水席的创制者对人体味觉的接受序列是否做过专门研究，但暗自琢磨，觉得决非随意安排，而是匠心独运。你想，人们吃饭，开始时味觉一定十分灵敏，对菜中所加的淡淡的味道也能全然捕捉得到，这时味淡一些也不要紧。但是随着菜吃得越来越多，这时就将味道加浓，味蕾在浓烈的味道刺激下依然能清晰地感受到那菜的独特之处，从而同前面的各道菜轻而易举地区别开来。这样使人在整个宴席中，始终处于一种新鲜有味的状态中，不至于产生厌烦感。我觉得这正是洛阳水席的魅力所在。

再说这水席的用料，颇能体现中原文化的特点，南北交融，兼收并蓄，又集中原名优产品于一炉。牡丹萝卜丝是水席的第一道菜，将萝卜丝作为第一道菜，先就让人吃惊。这大概是其他任何菜系都绝没有的事。不过，这萝卜是有讲究的，并非随意而取，而要用洛阳东关产的。虽然萝卜到处都出产，但用别处的萝卜味道就差远了，无法同东关的萝卜相比。这是洛阳东关的环境、水土、气候决定的。就像橘在淮南而为橘，长在淮北而为枳的道理一样。而这道牡丹萝卜丝，用料普通，而吃起来味道却不一般。据说，做起来是相当考究的。将萝卜切成丝之后，接下来是拌粉，加料烹炸。仅炸就须六次。这萝卜丝细如银线，根根透明，丝又不碎不断。夹起一筷子入口，新鲜蔬菜特有的爽气四溢，满口清香。有一道菜叫素海参，原料是红薯粉。不过这红薯粉要用汝州的。因为汝州的粉皮早已闻名遐迩，是最好的。这里不但荟萃了中原的各种名优特产品，而且还采用拿来主义的方法，将南北精品随我取用。比如，墨鱼仔汤，就取自海上。

这洛阳水席，除味道鲜美、做法独特外，同其他菜相比，还有自己的一条优势，就是特别符合现代环保的精神。洛阳水席以素菜为主的特点，不会增加脂肪含量，符合多吃菜果的健康之道。既能满足口食之欲，又不至对健康带来威胁，难得的一举两得。

如果说粤菜、川菜是大家闺秀、名门望族的话，这洛阳水席也许算得上小家碧玉，她自有那挡不住的独特韵味。正是：洛阳亲友如相问，一桌水席真不同。

见报日期：2001.11.22

又见农家黏豆包

亦　木

提起东北家乡黄米面黏豆包，要追溯到五十多年前。

小的时候，每到秋收时节，母亲必回乡下娘家，帮收庄稼。这时也必带上我和弟弟。割庄稼是个累活计，为使下地的人干活不饿，家家都蒸“抗饿”的黏豆包。鸭蛋大小的豆包吃上几个就能挺大半天。而这黏豆包更是我们小孩子喜欢的吃食。在锅里蒸着时，就能丝丝闻到那诱人的香味儿。锅一打开，围锅待望的我们，见了那黄亮亮的满屉豆包，早已口水不止。这东西皮黏馅香，吃时黏手黏牙，但是别具风味。

外婆见我们这样愿吃黏豆包，每进腊月，必打发舅舅进城，为我们送上一兜。见了黏豆包，像如今的小孩子见了鲜果、小食品一般，立即围上去，一手抓一个就着冻啃起来。为能吃得长远，母亲就把豆包藏起来，防止我们很快偷光。

吃豆包，在我们家乡也很讲究，并且吃法独特。要蒸上一小碗油糖，即用几匙猪油，加上一些红糖，同黏豆包一起放在屉上，一锅蒸出。将猪油和红糖蒸化，用来蘸豆包吃，那才是别有味道，一进口，黏甜香一块儿体味，明明吃饱了仍不想放筷。

我们曾问母亲，既然大家都愿吃，为啥不自己做，非要等舅舅送？母亲告诉我们，做黏豆包很麻烦，城里人费不起那个事。听母亲这么一说，再去外婆家我留意了，黏豆包的做法果然复杂。要先把大黄米泡上半日，然后淘净沙子，这叫“淘米”，之后晾大半干，磨成面，再用冷水和面，像做白面馒头那样进行“发酵”。待发出酸味，开始用手揉面，直揉到酸味消失。这是头一步。第二步是制馅。将红小豆或大芸豆煮熟（不可煮破皮），捣成豆沙酱，放入细砂糖，攥成核头大的馅团，备用。第三步是用揉好的黄米面将豆馅团包入里面，团成豆包状，入屉后大火蒸二十分钟，即可出锅。

在我的家乡，黏豆包还有多种吃法。可蘸白糖吃，吃其香甜黏；也可拍成小圆饼用油煎吃，品其香酥脆；小孩子们冬季里还愿啃冻豆包，练其牙齿，吃着玩。再复杂一点儿，可滚上炒熟的黄豆面吃，又增添了一种糊香豆味，且有个好笑的称谓，叫作"驴打滚儿"。

可惜的是后来到了困难时期，十几年间莫说吃，见也没见过豆包。再后来，离开了家乡，更与黏豆包无缘，只有在梦中解馋。谁知，改革开放后，这农家的黏豆包竟"亮相"市场，成了快餐。有的人甚至把大蒸锅架在手推车上，边蒸边卖，热气腾腾，十个一袋，五个一包，买者络绎不绝。黏豆包的上市，鼓了农家的腰包，也饱了城里大人小孩的口福。

见报日期：2001.11.24

难以割舍的锅巴菜

孙占村

锅巴菜，天津口音念“嘎巴菜”，是天津独有的小吃，也是天津人格外偏爱的早餐食品。它是将锅巴（即薄煎饼）切成柳叶细片，放到卤内，盛碗，再加多种小料制成的。这种小吃五彩斑斓，以素香为主，多味混合，清香扑鼻。吃到嘴里，卤润滑，锅巴香嫩有嚼劲，再加上麻酱的酱香，腐乳的咸香，辣椒的辣香，芫荽的异香，香干片越嚼越香，激人食欲大振。

童年刚懂事时，正值新中国成立初期，父母开夫妻店卖锅巴菜。干这一行是十分累人的。记得大人们天不亮就起来点火，打卤，切锅巴，配小料。一大早，买主就把铺子和门前挤得水泄不通。满头大汗的父母忙到九、十点钟才得以喘口气。一碗茶刚下肚便又赶紧忙着泡豆泡米，上水磨，摊锅巴，晾锅巴。当薄如黄纸的锅巴往绳上搭成半月形，像游艺会喜庆缤纷的彩旗拉花一样挂满全屋的时候，天已擦黑。

不管睡得多晚，我每天清晨不用大人叫，都是被打卤炝锅那浓郁的香味儿催醒的。那一刻，只听“嗞啦——”一声，白气缭绕，香味弥漫。似乎家中的柜门、墙角、窗缝、大小坛坛罐罐都在喷发着诱人的香气。甚至猫咪打哈欠，依我看都是趁机跟我抢香味儿。这个小精灵鬼！我咽着涎水，一骨碌穿衣下地，胡乱地洗漱几下，就为着早一会儿吃上一碗锅巴菜。

后来公私合营了，家里的买卖不能干了。但我并未动摇对锅巴菜的钟情。跑多远，排多长的队，也要买碗锅巴菜当早点，吃了一天痛快。天天吃，没个腻也没个够。

下乡到了云南生产建设兵团。南方的吃食千好万好，但最叫人遗憾的是与自己万分钟爱的锅巴菜彻底断了缘分。记得有一次在师部开会，不幸染上恶性疟疾，发高烧，恶心，几天都不想吃东西，人都折腾得瘦成个灯。热心的炊事员问我想吃什么。我不假思索脱口而出："锅巴菜。""哪样？你说哪样？"他似乎从来没听说过。护士轻声问大夫："他是在说胡话吧？"我登时挺后悔："说锅巴菜干吗？这不难为他们了吗？"可怕的病号饭端来了，一碗稠稀饭。我连筷子都未动一下。但是那天，我却甜美地睡了一觉。因为我梦见吃了一大碗妈妈递来的锅巴菜。醒后好长时间，仍觉得齿颊留香，病也似乎好多了。

还有一回出差到了云南南涧彝族自治县。赶街时人山人海。市场一隅小吃摊一个挨一个，摆成长龙。当地干部请客，端来一碗当地名小吃——锅巴油粉。刚吃一口，就问我味道怎么样。在彝族兄弟盛情美意面前，我不住地说好，好吃。但末了鬼使神差地突然说了一句纯正的天津话："要是来碗锅巴菜就好了。"一语惊得众人愕然。话音刚落，呼啦一下子围上来五六个陌生人。他们激动热情地拉我的手："你是天津人?！我们也是吃锅巴菜长大的天津人。"他们有支边青年，有汽车司机，有现役军人，还有一位两鬓斑白的地质学家。老乡见老乡，每个人眼眶里都闪着泪花。每个人的手都有力地互相久握而不肯松开，每个人都有掏不尽、诉不完的心里话。照他们的话说，一提锅巴菜，就像回到家一样，浪迹天涯的津门游子相聚，锅巴菜全然成了我们故乡的情结，相识的纽带。

知青返城半夜到津。转天一早，我饿狼般猛吃了三碗锅巴菜，哪怕撑得呃声不断。虽说味道大不如前，但毕竟还算是久违多年了的锅巴菜。

改革开放后，洋快餐、南方早茶相继引入津门。受不了孩子们的力邀，也斗胆陪同去过几趟。价钱贵不说，总觉得又不饱又不想吃，还是口味不适应，总没有吃锅巴菜那么狼吞虎咽，那么畅快淋漓，那么惬意顺口。不知是不是真如年轻人说的"消费观念落伍了"。去年太好了，津门锅巴菜名店——“大福来”的分店开到了家门口。我自然成了忠实常客。那纯正浓厚的味道确实与众不同，它真正让我找到了童年的感觉，它使我的老年生活充满情趣和幸福。难以割舍的，我心目中的锅巴菜，终于伴留在我身边。

见报日期：2001.11.29

淮南牛肉汤

吴子长

我不是淮南人，刚到淮南时，淮南并没有牛肉汤这种小吃，有的也只是面条、水饺、馄饨、油茶和油条、糍粑等早点。大概是20世纪80年代中期吧，那时我还在一家国有企业搞技术工作。一天，车间一位同事突然对我说，走，我带你吃牛肉汤去。那是我第一次吃牛肉汤。从此我就爱上了这种小吃，这除了牛肉汤具有特殊的风味，还因为那时我是单身汉，属于那种一个人吃饱全家不饿的单身贵族，于是下了班经常一人溜到街上享受牛肉汤的美味。那时牛肉汤才五角钱一碗，再加上半斤油馍或四个烧饼，一元多钱这一顿饭就解决了，何乐而不为呢！

有一次，我们几个随单位领导去上级主管部门办事，办完事已经中午了。领导说，今天我请客。我以为他要请我们到饭店撮一顿，结果他却请我们吃牛肉汤和烧饼。20世纪90年代初，我调到新的单位，新单位人少没有食堂，牛肉汤几乎成了我一日三餐的当家饭，直到两年后结婚，我究竟吃了多少碗牛肉汤，实在无法统计。如今虽然成家立业了，但有时还是忍不住到街头小摊上吃一碗。

淮南牛肉汤做起来并不复杂，你只要有一口大锅就行了。把牛肉和牛骨头买回来洗净放到大锅里，加上水，用火慢慢炖。牛肉炖熟了捞出来，切成薄薄的碎片，放到一个盆子里，另外再用开水烫一些粉丝和豆饼之类的放到另外的盆子里，以便一并备用。有客人来了，就用手抓一点儿粉丝或豆饼，再抓点牛肉片，放到大笊篱里，然后放到大汤锅里烫，烫熟了放到碗里加上汤和香菜就可以吃了。汤是不必换的，少了就再加一点儿，骨头也就一直放在锅里，有了新牛肉继续放进去炟。汤的味道关键取决于配料，配料的种类和多寡主要根据主人的喜好，这往往会影响到生意的好坏。但有一种配料是必不可少的，那就是辣椒油。

辣椒油的做法是，用菜油把干朝天椒炸好碾碎，放到钵里再浇上热油就行了。

淮南人吃牛肉汤很大一部分是钟情于辣椒油的，又辣又热的牛肉汤吃得你满头大汗，这就是许多人追求的效果。

牛肉汤如今已成为淮南出名的地方小吃，那卖牛肉汤的汤锅也成为淮南街头巷尾一道亮丽的风景，许多外地人来淮南，宁可不进宾馆饭店，也要去街头尝一尝淮南牛肉汤。

淮南牛肉汤的历史并不久远，从开创到如今也不过短短的十几年，但它已从淮南走向全省乃至全国，现在全国很多地方都有了挂着“淮南牛肉汤”招牌的街头小吃。

见报日期：2001.12.20

小米粥记

卢晓圣

小米，这是黄土地的特产。好的小米，色泽黄亮。小米新而黄亮，汤粥黏且醇香。做粥时，清水沸开再入锅，若水质酸性，加点碱，再以强火沸煮；漂起米油时，改为文火慢熬，待到米油增多加厚成脂、米粒开花，粥就熬好了。食之口感滑润，醇香清淡，再伴些时令菜蔬、精酱咸味小菜，那滋味莫提有多好！我从黄土地来，与小米粥有着不解之缘。

小米粥营养价值不凡。早些年我们乡下，女人生孩子要喝小米粥增加营养；缺奶，则以小米粥脂哺喂，米脂哺养的婴儿，不但很少生病，且健康瓷实。

“小米加步枪，打败蒋介石的飞机加大炮。”这是小米最辉煌的历史了。

有一年到北京老红军吴岱峰、冯玉芳夫妇家做客，他们招待我的就是小米粥和荞面。开始我还直纳闷：吴老身居高位，生活竟如此节俭，吃得这么简单。听了冯大妈的一席话，才有所理解。老人讲述早年和吴岱峰将军在陕北晋西游击队时期和后来陕北中央红军时期，所有红军将士都是靠吃小米饭小米粥杀敌的。两位老人还告诉我，其实，那年月说是吃饭，实际上其饭不如粥稠，其粥不如汤浓。可说也奇怪，喝了小米粥，冲锋陷阵，长途奔袭，还总打胜仗。我们简直就是靠小米粥打天下的啊！两位老人讲起当年的情景，快乐得像个孩子。

饭后，吴老前辈用餐巾纸擦嘴，一张撕成四块，只用其中一块，反复用之。这位老革命如此节省，很令我这个后生小子感动。

更令我难忘的是两位老人还给我讲了一件往事：有一天，从陕北来了一老乡，年纪很大，见面没说两句就痛哭不止，述说当年他的两个儿子跟随吴将军参加红军，转战陕北，英勇杀敌先后牺牲了，他如今年老体弱，生活困难……老乡的话勾起了吴老夫妇的回忆，禁不住泪下。吴老说，陕北老乡们用小米养活了我们，养育了革命，还把自己的儿女献给了新中国，我们不能忘记他们，忘记了就没了良心，等于背叛。他多么希望老区能早日脱贫致富。吴老夫妇留老乡在京住了几天，临走时接济了他一些钱和衣物，大家洒泪而别，其景至今历历在目。冯老妈妈每提及此事，就禁不住流泪。

我从黄土地来到北京，走遍了大江南北，吃遍了东辣西酸，但还是爱喝小米粥，不只是因为我从小喝惯了它，还因为吴岱峰老前辈的教诲……

见报日期：2002.01.10

香河肉饼

巨凤霞

我家乡的肉饼——香河肉饼，可是民族传统名吃。

香河肉饼已有两百多年的历史，其前身可追溯到一千多年前的突厥饼。因突厥游牧民族牛羊肉充足而面食少，在招待客人时特做成薄皮儿的肉馅饼以示热情。后来，这种做饼的方法传到古代少数民族的回鹘及回回地区。明朝初期，明成祖朱棣迁都北京，大批回族人迁入京东地区。

移民香河的回族中，有哈姓一家，开了个饭店，名为“哈家店”。也把做肉饼的手艺带到了这里，经过上百年的研习操作，创造出风味独特、别具一格的香河肉饼。香河肉饼传遍京津是在乾隆年间。此时的“哈家店”老板，不但把肉饼的形状味道研制到最佳状态，而且把制作的手艺上升到“艺术”的水平。据说乾隆皇帝带着刘罗锅儿到香河一带微服私访，曾光临过“哈家店”。临走还赋诗一首：香河有奇饼，老妪技艺新，此店一餐毕，忘却天下珍。

从此，香河肉饼载誉全国，名扬天下。

这种饼好吃，是因面少，肉多。一张大饼是用一斤面、二斤肉、一斤大葱烙成的，直径二尺左右。无论从和面到制馅都极为讲究。面，要和得不冷、不热、不软、不硬，揉起来光滑柔软，擀起来得心应手，皮儿薄如纸且有弹性。那肉馅，或是牛肉或是羊肉，经过刀口剁、刀背砸，形成肉泥，放入葱、姜、蒜、香精等多种拌馅调料，然后用香油搅拌。所以香河肉饼是完整绵密的三大层——两层纸样的薄皮儿夹着一层整体饼状的肉馅，丝絮般均匀，无一断缺处。就见厨师在平锅里一转一翻，面皮儿焦黄，渐成圆球。偌大的肉饼无一漏馅漏气之处。然后刷上油，那纸样的面皮儿被油浸成半透明状，几见肉馅，出锅后，就成了颜色焦黄、外酥里嫩、油而不腻、香醇可口的香河肉饼。

现在，香河肉饼的种类逐渐增多。汉族人多用猪肉做馅，再将少量韭菜、茴香等味浓的菜馅搅入其中，风味别具特色。

如今，香河两百余家大小饭店，店店有“香河肉饼”，可是，那种隔杖烙饼的技艺却很难见到了。为了把肉饼技艺流传下去，香河成立了几家“香河肉饼培训学校”并已注册商标，成为香河的专利特产，一些非正宗的店家就只能以“京东肉饼”或是别的什么牌子来行销了。

见报日期：2002.03.23

七叔公晒腊肉

杨论评

七叔公长得五大三粗，人高马大。听说七叔公年轻时曾一顿吃过三斤糯米饭和两斤猪肉。

20世纪搞“文革”的那个年代，七叔公接近四十岁的年纪，生产队安排重活粗活都有他的份儿。七叔公干活最肯卖力，从不偷奸取巧。有一次，七叔公被安排去放木排，其他人只扎两张排四十条木头，七叔公扎四张排八十条木头，他拿的工分与别人一样多。

七叔公长得粗大劲也大，体力消耗也大，但那个年头正搞“割资本主义尾巴”运动，私人家庭不许养猪，只有生产队集体养猪，生产队一年只杀两次猪，一次是“双抢”大忙，一次是春节。七叔公放了七天的木排回来，已是精力耗尽。他差不多快半年没一丁点儿猪肉下肚了，那天晚上他躺在床上，肚子里叽里咕噜地叫个不停，胃酸水直往上涌，七叔公真是长夜难熬，便披衣起床，来到屋外溜达。这时，对面生产队的猪场传来几声猪的嚎叫，七叔公听到猪叫就更想吃猪肉，酸水更往上涌，七叔公再也按捺不住了，回到屋里拿了把菜刀，直奔养猪场，他跳进猪栏里，摸黑抓住猪尾巴，一刀一条一连割下了五条猪尾巴，拿回家里用火把猪毛烧净，用沙罐煨熟了，舀来一大海碗木薯酒，把五条猪尾巴吃得干干净净，连一点儿油腥子都舔干净，上床呼哩呼噜睡了个安稳觉。

第二天，饲养员发现五头猪都没了尾巴，便报告了生产队长，队长连忙报告了大队长，大队长小跑几十里路到公社报告了案情，公社公安特派员立即到现场破案，把七叔公五花大绑抓到了公社。审讯时问七叔公为什么偷割生产队的猪尾巴，七叔公说：“我的胃比石磨盘还粗糙了，没有点猪肉下肚我顶不住了，就偷割了生产队的猪尾巴。”这样，七叔公被罚扛一头没尾巴的猪游街。

事隔三十年了，七叔公已经八十岁了，但身板骨还挺硬朗，一餐能吃半斤米饭半斤猪肉，每天三餐要喝酒，挑上百斤的担子还能走上几里路，立秋过后还常到河里洗澡。

七叔公对三十年前为吃猪肉割猪尾巴被游街的事还是耿耿于怀，他在这方圆百里那时已是臭名远扬。现在他天天吃猪肉，好像要把那个年代没能吃猪肉的日子给补回来。

不知从哪年开始，七叔公每年冬至节都要宰杀一头大肥猪，他把整头猪做成腊肉。每逢久雨天晴，七叔公就在门前公路边立两个竹叉桩，把几竹篙腊肉拿到公路边来晒太阳。过往的行人问七叔公：“老人家，你这腊肉是拿来卖的吗？”

七叔公笑眯眯地回答："不卖不卖，这年头腊肉都吃不过来了，快发霉了，拿出来晒一晒。"

七叔公晒腊肉的事越传越远，县里的电视台以农民致富的题材来给七叔公晒腊肉摄像，后来七叔公在电视上看到了这些镜头，心里乐滋滋的，这改革开放的年头终于为他正了名声。

见报日期：2002.04.11

纸上吃

王　凯

吃有多种形式，摆上餐桌的吃，写在纸上的吃，映在屏幕的吃。

摆上餐桌的吃五花八门，看着热闹，口舌生津；写在纸上的吃有内在的文化底气在动作，读着品着，顿生五味；映在屏幕的吃，五彩缤纷，娱人眼目……

我喜欢在纸上吃。那些美食家，远点的有周作人、梁实秋，近点的有王世襄、邓云乡、陆文夫，还有《多味斋》里的众多食家，既有口才，又有文才，把吃得怎么个好法写下来，赚得稿费再拿去吃，良性循环，娱人娱已，实在是高！

我不是美食家，对吃一向不大讲究，但忙里偷闲，总爱在茶余饭后或在睡觉前，翻开一两页写在纸上的吃，然后细嚼慢咽、品品余味，感受字里行间那浓浓乡情、淳淳民风和厚重的文化底蕴，大有一饱“口福”之感。

我出生于乡下，自幼粗茶淡饭。此后进了城，也只一个穷教书匠，自然入不得豪华席面，与那些“黄金宴”和“满汉全席”等无缘。这些年时兴旅游热，自己也耐不住出去走走看看。每到一地，于五光十色的各类广告中先看“纸上吃”。一路走来，总是躲着“星级”饭店，专爱挑那些城区旮旯里的小吃店觅食。风味小吃受用于口，方言土语受用于耳，津津乎乐吃乐道，岂不快哉！

眼看着到了退休，闲暇了，于是“常回家看看”。老友相逢吉祥话，新朋互祝发财声，相邀烧酒羊肉馆，欢声笑语故乡人；乡村亲戚家，故园邻里处，莸莜面、炸油糕、烩豆腐、调野菜等，吃出了家乡味，故土情；四处转悠，山川走势，流水脉络，乡间风物，世俗人情，自有一番滋味上心头。感叹之余，又略施小技，记小吃，录小识，在纸上再吃一回，积累起来，也有十数篇，登上报纸，印在书页，家乡人读过，说是“对味，够味，就是那个味”，还说是免费为家乡做了饮食广告。

一方水土养一方人，一方人有一方吃。方物美味，原色原汁，透露出乡土气息，掺和着世俗掌故。不知何故，城里的鸡鸭鱼肉、新鲜果蔬，吃久了反倒腻歪起来，时不时地想起家乡的那一方吃来。每当此时，又翻出那些“纸上吃”，“望梅止渴”，回味一番，不禁泛涎于口。

见报日期：2002.05.02

岭南油糍

何群贤

“油糍碌碌，金银满屋，养猪三担六，养牛大过屋。”这是祖母每年除夕夜炸油糍时挂在嘴边的一首乡谣。这首令新一代青少年听起来窃笑的歌谣，就伴随着我从童年走向青年。

我的家乡在岭南。在家乡人的眼里，油糍象征着喜庆、团圆、丰收。哪家新房子要上梁，主人家都要爬上山墙扔一两箩油糍，满村子里的人于是就争相前来抢油糍，讨个吉利。油糍是家乡人每年春节必备的食品。年少时，亲朋戚友受生活水平限制，往来拜年通常就是一袋油糍加一块猪肉。家乡人认为，过年要吃油糍就像中秋要有月饼一样，油糍根植于他们心底。因此，炸油糍最隆重的时候是过年。

每年刚吃过团圆饭，邻居婶婶、姑娘就像鱼儿透水一样地来到我家。“做油糍啰！”祖母在本房族中辈分最高，她一声令下比什么都管用。母亲赶紧搬出赶年货时买到的精细白砂糖——溶糖水，新碾的糯米粉早已摊放在簸箕上，姑娘将浓稠的糖浆浇入白花花的粉中，几个婶婶眼疾手快两三下就搓出一堆白如脂膏、韧似皮条的面团。这时候挤满了一屋子人，大家团团围着簸箕捏油糍，我往往是很不容易才将自己塞进去。婶婶、姑娘边捏边拉家常，闹哄哄，将寒冷的年夜搅得热气腾腾。在我们家乡，到了谈婚论嫁年龄的姑娘没有一个不会做油糍。油糍个子大不大、模样靓不靓，是衡量姑娘心灵手巧的尺度。姑娘常常为做到好油糍而自豪，乐滋滋好长一段日子。因此，每年做油糍是她们的进修课程和最佳表演时刻，而婶婶则成了最好的导师。取一粒乒乓球大小的面，搓圆、压扁，左手拇指、食指成环状，右手从里到外捏薄，用力要恰到好处，直到中间凹下去，面皮也足够薄了，摘去剩余的面，一只满肚学问的“布袋状”油糍诞生了。放在簸箕上，昂首挺空，好不威风。捏油糍很讲耐心和细心。我从懂事起就一直凑份捏，母亲也打算在这方面栽培我，只可惜做不到一半就捏小动物去了，所以至今做出的油糍个个弯腰弓背。

油糍做完，镬里的花生油也已沸腾，满村子都是油的醇香。一个个油糍被祖母抓起轻快地放入镬中。祖母一镬只放它七八个，一边手执抓篱不停地在浮起的油糍上面搓，一边嘴里念叨着：“油糍碌碌，金银满屋，养猪三担六，养牛大过屋……”油糍在祖母的祈祷中，沿镬边团团游动，慢慢地由奶白变鹅黄再变金黄，笨重的表皮通透、膨胀，一个油糍半个西瓜。外人看来实在太神奇，其实，油糍瞬间变大、变通透，关键之处在于祖母半辈子以来练就的“搓”功里，歌谣只不过代表了她的美好愿望。这“搓”功可要精细，力用大了，油糍会破，力不足，油糍大不了。

油糍做好，迎接新年的鞭炮声在半夜的乡村里此起彼伏，祖母挑起几个油糍垒在一个大托盘里，供奉祖先，将一个农村妇女朴实、美好的心愿献上。辛苦了半晚，我们也抓起还升腾着热气的油糍起劲地吃起来，一口咬下去，松松软软，甜却不腻，韧而不老，满嘴油香。

轮到母亲这一辈人掌抓篱时，生活水平改善了，人们的意识也已渐渐地发生了变化，会做油糍的姑娘寥若星辰，婶婶们也觉得团圆饭应该吃得轻松一点，油糍做少了，人手自然也不用那么多，或者有的干脆到街上买点回来就算。往年做油糍的热闹劲已是不再。做油糍也因此逐渐萧条，而作为强烈散发着古老恒久的民间和底层民俗色彩的食品，每到春节，人们依然将油糍摆放在桌上，年年不变。

见报日期：2002.05.09

狮子头的精致

谢旧我

第一次吃到狮子头，是在温州的书香楼，那里精致的饮食、齐全的图书和苛刻的规矩，给我留下了深深的印象。特别是到处都能吃到的红烧狮子头，感觉书香楼的狮子头尤其甘香美味，加上原煲上桌，最适宜送饭。

有一次谈起书香楼的狮子头，有一位朋友向我推荐合肥的苕菜狮子头，说是吃来苕菜清香，肉质细嫩，鲜爽可口，是春季难得的时令佳肴，可惜没机会去合肥，至今未得品尝。后来在杭州，我吃到过一种冬笋做的狮子头，看上去洁白如玉，闻起来清香醇正，吃在嘴里，肉质鲜嫩，美味无比，因此我十分赞成民间所谓的“素食第一品”。

吃多了狮子头，自然要经常留意它。

到了上海后，我还吃过味道很不错的咸蛋黄狮子头和鸡肉狮子头。因此，我对上海的朋友说，无论在哪个地方，无论是哪种菜系，只要是狮子头，都应该是美食精品。上海的朋友马上否定了我的判断。他认为最好吃的狮子头，应该是扬州的清炖蟹粉狮子头和蟹黄狮子头。同时，淮扬狮子头多半不取油炸、红烧一类，而是蒸熟后略加汤头，那才叫醇香扑鼻，蟹鲜肉嫩，爽口软糯。吃了叫人食欲大开，从此津津乐道。

听上海朋友说得如此美妙，不禁心驰神往。后来每逢黄金周，我就想去扬州尝尝正宗的狮子头。去过几趟扬州后，知道那里的狮子头是因时而异的，即随着季节的变化采用不同的原料来烹制狮子头。比如春秋宜清炖，冬季宜烩焖。再如春季做河鲜芽笋狮子头，秋季做蟹粉狮子头，冬季则做芽菜凤鸡狮子头等。有幸的是有一年夏季，扬州美食馆还推出荷香蟹粉狮子头。只见一盘狮子头的衬底，是八块沸水烫过的荷叶，有十五厘米见方，叶脉全部撕去，再用洁布擦干压平。再经过两朵含苞欲放的荷花来点缀，立马就能找到“曲院莲叶碧清新，蒸内犹留荷花香”的诗意。

如此风光的扬州荷香蟹粉狮子头，无疑是富贵而精致的。读了一些美食文章后，我朦胧地觉得，这种富贵与精致应该得益于以往的徽商。理由很简单，凡是了解狮子头饮食文化的人，大多是从梁实秋与胡适的文字开始的。要问胡适博士为什么喜欢吃狮子头，美食大师沈宏非说，大概与胡适先生和太太江冬秀女士的籍贯有关，俩人都是安徽绩溪的。我据此推断，“狮子头”这种富贵菜，如果不是徽商带到扬州去的，一定也是扬州厨师听了徽商的意见才烹制出来的。

来到扬州的运河边，极易想起当年漕运的繁忙。扬州这块华夏东南的盛地，一向聚集着大批腰缠万贯的徽商。在当时豪奢侈靡的风气下，我以为，尝遍了天下美食的徽商，理所当然要将“三分肥腴七分瘦”的狮子头推向极致。于是，菜肴的一种“富贵”和“精致”，自然就成了如今淮扬菜的关键词。

见报日期：2002.05.30

姥姥煎的黄花鱼

赵文泉

一晃，我也雪染双鬓了。每当怀念童年，对姥姥煎的黄花鱼多年不曾忘怀。她煎的鱼外脆里嫩，皮金灿灿的，肉白生生的。就着高粱米水饭，咸香无比，那口福简直没辙了。

我家住辽西一个偏僻的山村。离海虽远，可年年能吃上黄花鱼。每逢农历四月十三庙会，正是黄花鱼上市的旺季。这一天，十里八村的农民都要到庙会买回几条黄花鱼尝鲜。姥姥家虽然日子过得殷实，鱼也不多买。基本是按人头，不管鱼个头大小，总是几口人买几条鱼。姥姥家离我家才两公里，赶上吃鱼自然也有我的份。每当这时，我总是耐着性子看姥姥洗鱼、开膛、刮鳞，然后用一根筷子从一条条洗净的鱼的眼窝中穿过去，把筷子两头用绳子拴好挂起来，把鱼身上的水控净晾干。据说这样做是避免鱼下锅时崩油。当年，豆油很金贵，平时农村做菜放猪油多放豆油少。可煎鱼不能缺豆油。因为豆油煎出的鱼不仅色泽好看，吃起来也比用猪油煎的香。现在人们买豆油是成桶成桶的，那时是用酒瓶子装，一年也就打一两回油，但煎鱼是非放豆油不可的。那时要做鱼都是煎，原因是过小日子舍不得多放油。而少放油煎鱼却不煳锅，此乃是姥姥那一辈人的高招。

姥姥煎鱼时，我总在锅台边转。一是希望姥姥快点煎好，早点上桌。二是看姥姥煎鱼的执着劲儿。她把大铁锅烧热，把很少量的油倒在锅底，用铲子将油向四周散开，待油热后，再把鱼一条条放下去，然后盖上锅盖停顿稍许。我怕鱼煎煳了，总催她快翻个。姥姥总是不紧不慢地说，等一会儿。并提醒我，煎鱼不能急，等鱼起了硬嘎巴儿时翻鱼不碎；如果下锅就翻，鱼容易碎。多年后我煎鱼时也照着做，效果果然很好。为此，家里煎鱼，非我莫属。用油少、不煳锅、不碎、光泽也好。殊不知这秘诀是从姥姥那里学来的。

姥姥一生勤俭，事事干在前吃在后。待一盘煎好的黄花鱼端上桌，高粱米水饭盛好后，我们贪婪地望着，等姥姥上桌一块吃。她坐在炕沿边，别人拣条大的放在她的碟里，她总是推让给我们，并催着大家：“快吃，趁热才脆才香！”我们吃得甜嘴麻舌的，每个碟里只剩根硬刺。唯独姥姥碟里的那条鱼，除了头和尾她吃了，整个鱼身没动一筷头。捡碗时，姥姥将她剩的鱼放进木柜里。我们称这柜是姥姥的百宝箱。她从牙缝里节省下来的食品放在柜里存着，等外孙外孙女们来时都尝点儿才安心。那舍不得吃的黄花鱼，还不知能招待几个外孙外孙女呢。

见报日期：2002.08.24

大同黄糕

赵忠格

黄糕，是用黄米面蒸制，类似南方年糕样的食品，唯其色泽金黄，故名之。黍子去皮即成黄米。说起来，造物主也真够公平，大同地薄不打粮，地下煤炭储量丰富；黍类作物虽然低产，黄糕的味道却好极了。因言道："大同有两宝，乌金和黄糕。"

吃过黄糕的人都知道，黄糕好吃难摭。蒸糕需要锅灶、笼屉、瓢盆自不待言；蒸制时首先要将糕面淋水搓湿，往笼里撒糕粉要薄要匀，要掌握火候，这些都不在话下。难就难在蒸熟后的糕粉要用双手来回捶击，这就是当地人所说的“搋糕”。搋糕是道关键工序，糕不搋是“块垒”，捶了又容易烫手。所以有的人“宁肯不吃油糕，也不愿意伤手”。我的妈妈不只经常给我们蒸黄糕吃，而且每次都是沾着油搋糕。妈妈年轻时在大食堂干过，百把号人吃的糕全凭她自个搋，手下功夫何等了得。如今她虽然年过七旬，搋起糕来依然像小孩玩泥巴那样得心应手，噼啪有声，瞬间一块黄灿灿的米糕就魔术般地呈现在面前。

大同黄糕具有黄、软、筋、香四大特点。筋到什么程度？讲个笑话。话说一户人家刚蒸出一块糕，一不留神被狗叼了一口，女主人赶快去抢，狗含着糕跑出一丈多远还未扯断，女主人硬是用刀才劈开。结果狗还被弹出去的糕打了个仰面朝天。

大同黄糕的吃法很多，可以素吃，可以油炸。素吃就是蒸好的黄糕佐以肉菜，囫囵吞枣那么一咽，下肚了之。这就是“一吃，吃个油老虎儿；一咽，咽个鸡叫鸣儿”

“黄糕泡肉，吃个没够”，那个香啊，那个爽啊，说起来都让人流口水。油炸，是把素糕掐成核桃大小的糕块，成皮，包馅，过油锅炸，捞出即可食用。糕皮要个儿小、皮儿薄。糕馅全凭个人口味制作，有豆沙的、枣泥的、髓油的、酸菜的，还有肉末的。大同人讲究“豆馅放玫瑰，菜馅有韭菜”，为的是提味儿。油糕的形状挺多，有的圆如棋子，有的长似弯月，有的掐成三角形，有的夹紧后两手一掬就成了“相公帽”，还有的干脆包成水饺样，等等，不一而足。糕入油锅，温火慢炸，捞出后的油糕外脆里香，松软可口，越吃越香。

黄糕不光好吃，还特别耐饥。“三十里地的莜面，四十里地的糕，十里地的荞面饿断腰”。说的是，如果饱餐一顿莜面，可以走三十里地肚不饥，饱餐一顿黄糕能结结实实地走四十里的路，而饱餐荞面后连十里地走不到就肚子饿了。“一方水土养一方人”。所以我们大同的煤矿工人特别喜欢吃黄糕。下井前饱饱地吃一顿黄糕，干一天活都不觉得饥乏。上井后，妻子将热腾腾、脆生生、香喷喷的油糕端来，再加上二两白酒、几碟小菜，那个滋润劲儿简直没法儿提。

“糕”与“高”谐音。吃糕喜庆，像港澳地区吃发菜是为发财一样，寓意兴高采烈，高升旺长。为讨口彩，当地每到逢时过节，婚嫁喜庆，必定炸糕，然后分送各家，俗称“吃喜糕”。黄糕是一种食品，注入感情后就成了文化，大同的黄糕文化是那般地美妙！

见报日期：2002.08.29

叮叮糖

高隆才

夕阳的余晖，涂抹着城边林荫道上的树梢。随着人们休闲的脚步，生活的节奏变得轻松、舒缓。突地，广场边的人流中，一阵铁器碰撞的叮叮声，清脆、悠远，穿透人声的喧嚣，传入我的耳膜。我一惊，啊，多熟悉的乡音！我向路人打听，可不是，这叮叮声正是久违了的叮叮糖客的叫卖声！我循着这悠扬的叮叮声，终于见到了混迹于城市流行服饰中的叮叮糖客。

他戴着一顶有些陈旧的草帽，肩头的一副糖担，使他面部没有显出负重的感觉。他右手扶住系着棕绳的箩筐，左手让手掌上的一只小铁锤与弯月形的铁凿很有节奏地碰击，于是他沿途洒出的叮叮声，牵引着人们的目光，不住地朝箩筐里张望。我幼小时的记忆中，那两只箩筐上面摊放的叮叮糖，如年糕一样白净，弥漫出诱人的香甜。正是这扑鼻的香甜，吸引我走到叮叮糖客的面前。

记得孩提时代，村院的一群淘气蛋，拖着鼻涕，穿着开裆裤，小溪里捉泥鳅，竹林里掏鸟巢，打闹、啼哭、追逐，院场成天不得安宁。只要院场下古老的黄桷树下，传来麻糖客敲出叮当叮当的叫卖声，在我们高姓两百多口人的房院里，孩子们一阵风似的，齐刷刷涌向院场口。记得那位常来的麻糖客，是一位和善的老人，他头戴着油光光的棕色毡帽，满脸皱纹，犹如核桃壳，穿着对襟布褂，腰间系着褪了色的蓝布带，配上一副麻糖担，显得又干练又逗人喜欢。孩子们将两只麻糖箩筐围了个严严实实。乡间的顽童，在生人面前是胆小的，蹲在地上如一只只小泥鸭，伸长脖子，望着箩筐上面的麻糖，挤眉弄眼，不住地吞着口水。这时，麻糖客停下手中叮叮当当的敲击，对着小嘴馋得难忍的泥猴们，让弯月形的铁凿在手掌上抛耍、摆弄，那铁凿锋利的刀口上分明还沾着些微糖泥。这时候，麻糖客深知乡间的孩子们已忍受不住麻糖香甜的诱惑了：“娃娃们，没有钱吧？”“没有！”小馋鬼们如在课堂上回答老师提问一样。

麻糖客趁势用小铁锤指指白嫩白嫩的麻糖，朝着我们背后的家门努努嘴：“回家去，拿东西来换吧。”孩子们你望望我，我望望你，顿时醒悟过来，这才想起要吃到这香甜的麻糖，是可以从家里找到杂物旧货来换的。活动于乡间的麻糖客，正是巧妙地运用了物物交换的买卖关系，常年游荡在这远离集市的村野间。于是我们这群孩子，霎时间四散开去，各自跑回家翻箱倒柜，破布条、烂鞋帮、乱头发、锅铁块……都是换麻糖的好宝贝。麻糖客一边挡住一个劲扑拥上来的小顾客，一边嚷嚷着别挤翻了箩筐，然后逐一按孩子们的旧物品，称秤，报数，敲糖，把馋泥猴们期盼的视线，全引到了麻糖上。先换到麻糖的孩子，钻出拥挤的孩子圈，拿着拇指大一块香甜扑鼻、黏黏腻腻的麻糖，总是要先翕着鼻翼，闻闻气味，然后，伸出舌尖舔舔，好一阵都舍不得放到嘴里。孩子们先先后后赶到了麻糖客的面前，物品最多的孩子，也只不过得到鸡蛋大一块麻糖。来得最晚的是二牛，麻糖客正要收拾挑担，准备离开村口时，二牛才急匆匆地拿着一把有些锈迹的剪刀，赶到麻糖担前。只可惜，晌午吃饭的时候，二牛妈把他痛打了一顿，骂他把家里的剪刀换了麻糖吃。

岁月流逝，似乎麻糖客一类游串乡间的小贩，愈来愈少，逐渐连补锅匠、剃头匠也很少见。

在与眼前这位梁平叮叮糖客的攀谈中，我了解到，如今，买卖麻糖再不是原始的物物交换了，乡间和城里的孩子，一般也不贪馋这劳什子了。现在麻糖客走街串巷叫卖，顾客大多数是城里的家庭主妇。她们中不知是谁最先发现麻糖放进泡菜缸内，泡菜水不会生花，且泡菜又香又脆。妻子趁势买下二两，正好解却泡菜水生花的烦恼。我借与麻糖客攀谈的时候，细细回味着麻糖的香甜，心里如品尝陈年老窖，醇甜到了心窝。那久违了的故乡，那童年甜蜜的记忆，久久地萦绕在我的心头。

见报日期：2002.09.19

南瓜面

牛　耕

我第一次吃南瓜面是很偶然的。

“物以稀为贵”。本来是最普通的南瓜，到了深冬，却成了“珍品”。远方的朋友，知道我喜欢吃南瓜，专门托坐飞机的朋友给我带来一个南瓜。久违了的南瓜，给我们带来了喜悦。老伴决定先切四分之一蒸南瓜条。大概保姆小刘受了我们情绪的感染，也格外高兴。

她说：“我们那里讲究吃南瓜面，你们吃过吗？”

小刘是安徽无为县人，来我家帮忙已五年多了。她几乎是我们家的一个成员，我们喜欢吃什么，不喜欢吃什么，她都一清二楚。

我自小在农村长大。小时候成年和南瓜打交道。我们管南瓜叫北瓜，也叫倭瓜。谁家的房前屋后也要种上几棵。不用格外拾掇，就会爬出长长的蔓子，开出金灿灿的花。花有真花，也有“谎花”。谎花不结瓜，只有真花才结瓜。谎花倒是蝈蝈的美食，只要在蝈蝈笼子里放上两朵，那蝈蝈叫起来没完。

那年月，在我家乡南瓜既是副食，又是主食。没菜的时候，熬一锅南瓜，抓上一把盐；没有主食的时候，蒸上一锅南瓜，又面又甜。

我参加了革命，到了北京，吃南瓜的机会少多了。这几年知道南瓜的营养丰富，对降血脂、医治前列腺肥大都有一定作用，是老年人的理想食品，我又开始常吃南瓜。蒸、炒、炖、摊饼，花样不算少，唯独这“南瓜面”，我真还是第一次听说。小刘怕我不喜欢吃，便极力撺掇说：“那些年干部下乡吃派饭，问他们想吃什么，都说想吃南瓜面。”小刘说着，还不住地咂吧嘴，好像香得不得了。

我对小刘说：“听你的，就按你们家乡的做法，请你给我们做一次南瓜面。”

小刘在炒锅里放上少许菜油，把南瓜洗净，去瓤，切成小方块，油热后，用葱花炝锅，在锅里翻炒一阵，放上水，等水开了，煮五至六分钟，尝好咸淡，再把手擀面放进去，等面煮熟，南瓜面就得了。

南瓜面做法虽然简单，吃起来可不寻常，既有南瓜的香甜，又有面的筋道，还保持了南瓜的营养。尤其在寒冬冷月，有汤有水又热乎，真是别有一番滋味。如果再加点辣椒油，能吃得浑身出汗，脾胃特别舒服，吃了上次还想吃下次。

从此以后，只要我们家有了南瓜，隔三差五，总要吃顿南瓜面。

见报日期：2002.10.10

难忘鳝鱼透骨鲜

赵长顺

我一直固执地认为，在我吃过的鱼类中，再也没有比黄鳝鲜美的了。不论是红烧，还是生炒、煨炖，我都觉得鲜美透骨。

我如此地偏爱黄鳝，也许与我小时候就喜欢捕黄鳝和吃黄鳝有关。对于我来说，捕黄鳝和吃黄鳝都是一件乐事。那时，家乡的河塘里和稻田中，有捕不完的黄鳝。捕黄鳝的方法很多，或用鱼钩钓，或用火把照，或用一种竹篾编成的呈“丫”字形的专用工具去捕。后一种方法大都是大人用的，我们只能用钩钓或火把照。用钩钓主要在白天。尽管夏天烈日当空，我们仍然赤着脚，背着鱼篓，拿着鱼钩在河塘边、田埂上寻寻觅觅。只要看到有洞穴冒着清水，我们便将带有蚯蚓的钩子伸进去，不一会儿，只见钩子动了，我们的心也动了，于是，猛地将钩子往外一拖，一条大黄鳝就成了我们的战利品。照黄鳝只能在夜晚。这时，黄鳝都爬到了洞外吸露水和捕食，我们一手拿着火把，一手拿着自制的专用鱼夹，穿梭于田埂间、沟渠边。黄鳝见到火把一点儿都不动，我们则胸有成竹，对黄鳝的中部猛地一夹，它就成了瓮中之鳖。

黄鳝的生命力极强，我们将捕来的黄鳝养在一个小缸中，里面还放一两条泥鳅一起养，一两个月都不会死。家里如果来了客人或想改善伙食，则从缸中取出几条。那时农家吃黄鳝的方法只有两种，一种是炒银丝，也就是农家人常说的炒长鱼；另一种则是红烧，现在一些宾馆则称为大烧马鞍桥。给我印象最深的是炒银丝。母亲将一锅水烧开后，父亲用竹篮从缸中捞起几条活蹦乱跳的黄鳝，一手揭开翻滚的开水锅的锅盖，一手将黄鳝猛地朝锅里一倒，这时赶紧将锅盖压紧，黄鳝在锅中乱蹿，将锅盖撞得咚咚响，不一会儿又恢复了平静。然后再将黄鳝取出，用竹签将黄鳝划成条，剔除骨刺及内脏，留下肉，加上适量的韭菜一起爆炒，一盘炒黄鳝还未端上桌，满屋已溢满了香气。那时的糁子饭虽然难以下咽，但有鲜美的炒黄鳝，照样能吃上两三碗。母亲见我狼吞虎咽的样子总要笑着说:“馋猫见了腥，胀破了肚皮筋。”

走上工作岗位后才知道，我原来十分爱吃的黄鳝还是家乡的特色菜肴，怪不得那样地叫我馋涎欲滴。不要小看小小的黄鳝，用它可以制作出一百零八样的黄鳝席，尤以软兜黄鳝、银丝黄鳝、煨脐门、炝虎尾、生炒蝴蝶片、大烧马鞍桥等名扬海内外。我常常以家乡出产这样的名菜而骄傲，在餐桌上，总忘不了向客人介绍黄鳝，介绍它的捕捉方法、做法、美丽的传说和那透骨的鲜美……

见报日期：2002.11.21

烧豆腐的意味

路　人

我从山东到云南的建水差不多也快十四年了，但建水的小吃总也吃不全，才吃了这一种，不知从哪一个地方就又冒出来另一种等待着吃。比如说豆腐，通俗的吃法不外炖、煎、红烧、凉拌，而在建水，除此之外还可以烧着吃，俗称“烧豆腐”。

烧豆腐的吃法在外地大概是见不到的，恐怕是全国仅有。这种豆腐两厘米见方，用纱布包压后，晾晒一两日，待其有了臭味，便可以上架烘烧了。烧豆腐的架子一般是用细钢筋焊接而成，火是木炭或煤炭燃烧过后的底火，这火又是放在铁锅里的，置架子于其上就可以烘烧了。别看豆腐初时很小，但经火烘烧之后，便慢慢膨胀起来。这有点类似于北方的蒸馍，倒似豆腐里也掺了发酵粉。这样的豆腐吃起来，那才叫香呢。

吃烧豆腐当然是需要佐料的，建水人烧豆腐的吃法让人尊重，佐料配制得精益求精，再普通的原料也潜伏着多般变化，让人吃过之后，还想一而再再而三地寻来吃。外地来了朋友，我最想推荐的就是烧豆腐。其实是我嘴馋，是我想吃而已。

古人称赞豆腐有和德，但孔庙的祭品却绝不用豆腐，这是因为豆腐的发明人西汉的刘安相信神仙方术，说过儒家的坏话。但作为西南儒家思想重镇，建水的豆腐却非常普遍，尤以烧豆腐为最，沿古色古香的清代小巷，几步路之远就可见一处烧豆腐摊。赶着牛车进城的山里人，卖罢山货，累了饿了便坐在豆腐摊上沽半斤包谷酒，喝着山茶水，吃着烧豆腐悠悠然似在品尝一种诗意。建水人灵性很高，觉悟非常，在吃豆腐上也有自己的一套独特理论。作为古城人，他们喜欢以食物划分人等，说肉食者鄙，又说咬得菜根的人能成大事，吃豆腐的人也可以成为一族，就是能安于清贫。

其实，建水盛产豆腐，是与这里的水井有关的。在建水城方圆数里，有名称的水井三十多眼，几乎是三五十步，水井就兀然出现。城西的大板井水质最美，清澈可见井底的碎石和游鱼。《云南通志》上说：“薄博井，在城西半里许，俗称大板井，终年水洁，雨后尤清，供全城饮之，水洁味甘，贯甲全滇。”这样的水做出的豆腐自然盛名远播了。

这几年，建水成了旅游胜地，来建水的名人也多了起来。巩俐拍《周渔的火车》来了建水，同来的还有刘威等名人，有“孔雀王后”之称的杨丽萍也来过，还有《高中女生》《导弹旅长》等剧组，皆忍不住品尝过建水的烧豆腐。几年前，侯耀文就吃过烧豆腐了，并且十分有经验，说花椒、辣椒少了不好吃。其实，烧豆腐不管怎么吃，留于唇间的，唯有回味不绝的香。

见报日期：2002.11.23

扯不断的年糕情

宫泉激

进了腊月门，最早出年味的就是村里的碾坊。因为家家都忙着占碾“卡”年糕。推碾的，等碾的，看光景的，人真多。

“卡”糕实际上是做年糕的第一道工序——轧糕面。糕面是用我们胶东的粟子轧成大黄米（糯米），再把大黄米放在笸箩里用一点儿水洇好，摊在碾子上轧。轧一阵用细箩把成了粉的箩下，粗的再轧、再箩。轧一次糕面子（约十来斤糯米）往往要用半天工夫。推碾子、筛糠、箩面，费工费事，把小脚的母亲累得腰酸背痛。晚上，我常常用稚嫩的小手给她揉揉腰、捶捶背，宽慰她那慈爱的心。

母亲是做年糕的高手。街坊的婶子大妈常要向她请教。其实，做年糕的工序也不见得那么复杂。我看到母亲把轧好的糕面子拿回家之后，拣风和日丽的天气摊在笸箩里晒几个日头。据说晒得越干做成糕越黏、越筋道。临年根，母亲就开始蒸糕。她先把糕面子放在盆里和水搅匀，滋润透了，倒在早已浸透铺在锅里的糕席上摊匀，并同锅边有一定的距离，使蒸气通透。不然，就会把糕蒸“死”。

蒸年糕烧火也有讲究。母亲总是先旺火烧开锅，再一把草一把草细细地填到灶里慢慢烧。最后，把灶火灭了，再用烧火棍摊一摊灶里的火灰烘着锅底，憋一下锅，就算行了。

年糕蒸熟了。一掀锅盖，热腾腾的蒸气带着新糕的清香弥漫了整个屋子。锅里原来那嫩黄的生糕面成了老黄色的年糕。这时，母亲手蘸着凉水，把滚烫的糕抹出平整光亮的面，这叫“平糕”。平过之后，便趁热插上一个个洗净的红枣，待凉了、硬了，切成匀称的糕块。整整齐齐的糕块可以随时蒸着吃，可作礼品送人，也可以作过年摆供的祭品。我们家，蒸熟的年糕未供祭或大人没尝，小孩子是不能吃的。母亲却常常在“平糕”时特意沾点在手上让我啃着吃。这时，她便戏谑地说：“又勾一条馋虫！”

年糕有若干种吃法。最普通的吃法是把大盘蒸透的年糕撒上红糖或浇上蜂蜜，搅一搅，一家人围在一起用筷子夹着吃。黏稠而筋道的年糕被扯出长长的“丝”，这一头到了口边，那一头还在盘子里。吃到热闹处，一家人笑得前仰后合，热闹极了。年糕也可做成各种样式放在油里炸糕饼，还可以和上面搅上糖切成条状做“琵琶梗”或其他小食品。可以当饭，也可以下酒。那些年春节，我过完假期返城的时候，母亲总是装些年糕和用糕做成的食品让我带着。她边装边说：“拿着出去，一要你进步，步步登高（糕）嘛；二呢，用糕黏住你，省得忘了这个旧家。”

年糕，每每引起我对母亲的无尽思念。

见报日期：2003.02.06

团团圆圆说春饼

吕士君

春饼，象征一元复始万象更新之吉神，在我们江西新昌饮食中占有一席地位。

新昌的春饼摊，总在几百家之多。大街小巷、山村集镇处处皆有，其兴隆可见一斑。

春饼，是一种面食，它的制作是这样的：先把面粉拌上水，撒上适量的食盐，揉匀打透，存盆里备用。另在红红的煤饼炉上放一只叫熬盘的平底浅圆铁锅。

摊主随手抓一撮粉团在灼热的平锅上画一个圆圈，稍烘一下，就可揭下一张薄饼，这便是春饼了。不过看着容易做着难。其实，春饼质量之优劣大不相同。好的春饼，整张均匀，圆似满月，色泽微黄，咸淡适口，吃起来香喷喷、松脆脆。如果卷上点春饼摊兼营的油饼、油条、豆芽、油豆腐干、猪头肉之类，味道就更好了。制作中如加上鲜鸡蛋和葱花，俗称鸡子春饼，其味尤佳。

春饼受新昌男女老幼的普遍欢迎，也许是可保存较久的缘故。它放置十天半月不会变质。先前新昌人外出经商、做工、赶考，大都要带上春饼做干粮。但春饼能博得大家的青睐，成为风味小吃，还是因为它经济实惠，价廉物美。你只要花上块把钱，就可以买到六小张。摊主现做现卖，顾客随到随吃，香气扑鼻而来，保管能吊起你的胃口。新昌人爱吃春饼，另一层意思是春饼是圆的，取其团圆之意。新昌旧俗，外出做事的人，一旦收到家乡的春饼，就明白妻儿在思念自己，知道自己该回家团聚了。如此看来，春饼还起到"信鸽"的作用呢！

春饼虽是一身土气的点心，但是要动点儿脑筋，即可使它身价倍增，成为一道名菜。方法是将精肉、笋丝或豆腐干一类切得碎碎的做馅，以春饼一张包成宽一寸许、长三四寸的“小饼筒”，放在油锅里一炸，那就成了香酥可口的“春卷”，用以下酒，其味无穷。

摆个春饼摊，工本不大，老少皆能，无师自通。当然有的也曾拜师学艺，有的竟是“祖传家法”，有的则积几十年实践之经验，练就了一手硬功夫。好的春饼，现吃香脆，久放仍柔软不发硬。

见报日期：2003.02.08

小镇葱饼

陈　平

冬天一到，小镇的大街小巷便开始有一股香味在窜动在游逛，不放过任何角落。这香味，是葱的味儿，又不全是葱的味儿。乍一闻到这香味，会禁不住唾津潜溢……

香味源自这个小镇的经典小吃——葱饼。葱饼都是现做现卖的。在镇上，随处可见有一个老太太坐着一张矮板凳守着个一尺多宽的镬头，前面围着几个人，手里拿着还冒着热气的葱饼，或狼吞虎咽，或细嚼慢咽。镬头里，热油翻滚着，几个还装在葱饼勺的葱饼在微微颤动……

你看老太太脚下的那一盆东西，就知道葱饼的原料是什么了：用适量的水将粳米粉调成糊状，掺进大量葱花。据我那三十年前曾是炸葱饼好手的外婆说，一斤米粉需三四斤葱“搭配”，当然，盐之类的调味品是少不了的。葱饼勺，是铁皮做的，平底，有一厘米高的沿，还有一条和底垂直的柄。生好火（不可太猛），老太太左手拿勺，右手用筷子把一团混有葱花的米粉夹到勺上，摊平，放进热油里，马上就滋滋地冒出小泡泡……这是薄的葱饼。厚的是在此基础上加两片肉，或数条小鱼、几只虾，再尽量地往上加米粉。不一会儿，葱饼离勺浮起，用夹子把它翻个个儿，待到变成金黄色，便可捞起，搁在镬头内的一圈铁丝网上。老太太不时地低头，往炉里添一两条劈得细细的木柴……薄的两毛一个，厚的五毛一个，吃吧！一口觉得脆，两口知中间包着一团热气，三口即满嘴留香，男的女的，老的幼的，无论是刚从田里上来一脚泥巴，还是衣冠楚楚，年年都逃不过这葱饼香味的诱惑。有些店堂里的生意人实在是走不开，便常常遣妻子去拎回来解馋，甚至于厚着脸皮叫过路的代劳。从城里回来的班车刚停稳，跳下几个斯文的城里少女，不斯文地大声嚷嚷，我要吃葱饼！颇引人注目，却没人笑她们馋。寒冬腊月里的集日，从各个村庄来赶集的人往葱饼镬边一站，那炉火的暖气便驱走了一路的寒气，几个葱饼落肚，更是舒服，甚至有种醉醺醺的感觉。小孩子们来赶集的目的就在于此了。

卖葱饼的大都是老太太。在我妈店堂前的那老太太，有七十多岁了吧，精瘦精瘦的，带顶黑色的绒线帽，穿件洗得发白的暗红色绒线外套。每天都是到了午后一点，别人已经炸得二三十个的时候，才挑着担子优哉游哉地姗姗而来——担子的一头是火炉和镬头，另一头是劈得整整齐齐的木柴和满满的一盆粉。和别人同样分量的粉，她却能来得迟，归得早。真的，我尝遍了镇上的每一摊葱饼，最有味道的当数此老太太的。

我妈一向有洁癖，反对吃街边的小吃。自从在那儿开店，门外有这么个老太太后，居然也每天不吃上一两个不罢休。

葱饼的浓香，氤氲在小镇的大街小巷；炸葱饼的炉火，遍布小镇的大街小巷。整个冬天，小镇都是暖烘烘的……

见报日期：2003.02.13

莜面烤馅馅

董其中

如今，在山西很多地方的餐桌上，你都能品尝到一种形色味奇特、名叫“莜面烤馅馅”的面食。这“莜面烤馅馅”究竟是什么东西？

那是1963年秋后，我来到山西吕梁山区一个大队体验生活，在老乡家吃派饭时我第一次看到这样一幕：一位中年妇女盘坐在土炕上，双腿前置放着一块向前倾的、约四五个巴掌大的、表面平展光滑的石板，旁边放着一个不大的陶瓷盆，盆内盛着一块和好的暗黄色面团。那妇女见我对眼前的这些发生兴趣，便向我说开了："这盆里是刚用开水烫过的莜面，你打老远来，今天中午做咱本地特产莜面烤饹饹给你尝尝……"她一边说着，一边用手从面盆里揪起一小块面，在手窝里捏和了几下，便把面疙瘩放在石板上用拇指球使劲往前推搓，面疙瘩便成了摊在石板上的面片儿，手不离面，紧接着用食指按住面片下边往回一搂，面片便裹卷在食指上，成了一个小圆筒儿，然后把它立放在铺好笼布的笼屉里，按照这个过程和模式重复地操作着。当烤饹饹装满好几个笼屉后，便摞起来上锅旺火急蒸，十多分钟后断火。当你揭开笼屉盖，看到那展现在你眼前的香喷喷的烤饹饹时，足可以使你垂涎三尺，跃跃欲试。

在遭受三年严重困难之后，在农家竟能吃到这样的美食，确是一种格外的招待，使我这个南方人开了眼界，更使我看到了山里老乡那颗纯真无瑕的心。

烤饹饹的原料是由莜麦研磨而成的莜面。莜麦盛产于华北、西北一些高寒地区，故这些地区都有莜面烤饹饹或类似烤饹饹的面食。莜面热量大又耐饥，正如民谣所言：“三十里莜面四十里糕，十里的豆面饿断腰。”莜面还不易消化，所以不宜吃得太饱，食用时调料中应加点醋，或另蘸醋吃。

吃烤饹饹的调料是必不可少的，也是很有讲究的，各地用料也有所不同。晋西北的家常调料是用葱花、辣椒和芥菜腌的咸菜而炝制的汤料；冬季则用羊肉、鲜菇、辣椒、酸菜来配制调料。将热气腾腾的烤饹饹蘸着这浓味调料吃，直吃得大汗淋漓，口舌麻辣，浑身热乎乎。

莜面烤饹饹的操作过程具有一定的观赏性。与其说是农家妇女在做着一种特色面食，倒不如说她们在创造一种如同玩具、剪纸一样的民间艺术。那一个个烤饹饹多像一只只出土的小酒盅，那样稚拙随意，没有进食我就喜爱上了。再看，那摊摆在炕上一笼屉一笼屉的烤饹饹，在笼屉里一个挨着一个，谁也不排挤谁，满满当当、整整齐齐，极具装饰美感。展现在我们面前的不就是一幅出自劳动者之手的、古色古香的装饰图画吗？我们在观赏过程中，获得了美的享受，同时也增强了食欲。

我来山西四十多年，爱上了山西人民，也爱上了山西人民创造的民歌、剪纸和莜面烤馅馅。我每每吃莜面烤馅馅时，仿佛一次次把我带到了吕梁山区，走进沟里人家，感受老乡那火一样的热情。

过去只在农家才能吃到的莜面烤馅馅，如今就不限于农家了。就太原来说，现在大街小巷就有不少专卖莜面烤馅馅的餐馆和摊点，物美价廉，备受人们青睐。花两三元钱便可品尝一份莜面烤馅馅，何乐而不为？

见报日期：2003.02.20

文人的美食

黑　白

汪曾祺招待女作家琼瑶，做过一道菜叫杨花萝卜炖干贝，把琼瑶大姐吃得眉开眼笑，当时她肯定一不留心说出她的口头禅：好好喝哎。或者是：好靓好靓的汤哎。可惜除汪老外没人听到，汪师母听到也不会吃醋，她不会想到这个团脸短发的家庭妇女写起《烟雨濛濛》来会把全中国的女孩子弄得眼泪一把鼻涕一把。杨花萝卜炖干贝这道菜我倒是克隆过一回。当春天杨花飘飞如雪的时候，我在市场上找到一种小红萝卜，红得像糖葫芦，像爱脸红的小姑娘，菜贩说叫洋萝卜，中间少了一个“花”字，我想就是杨花萝卜吧。将萝卜切片在锅里干炒，炒到微微发焦。干贝找不到，河蚌倒正上市，就用它代替，放在沙锅里炖，没一会儿就浓腥扑鼻，黄酒和姜压不住阵脚，三只大头苍蝇闻腥而至翩翩起舞。我慌了，还是妻子机智，切半碗咸肉投入，果然腥气全无，丝丝幽香弥漫起来。我一下午就守着沙锅，它一直在咕嘟咕嘟地自言自语，仿佛有一肚子牢骚，我不理它，埋头看完了汪曾祺的《大淖纪事》，又随手翻翻琼瑶的《窗外》，最后打开盖子看一看，杨花萝卜炖河蚌差不多了，浓香软烂，清腴嫩滑，是一种独特少有的美味，和汪曾祺的小说一样独特美味，我一连喝掉三杯花雕。

沈从文在故宫研究古代服饰时，有一天他表侄黄永玉来找他，他做了一道慈姑炒肉片。黄永玉吃后赞不绝口，认为比土豆炒肉片高一格。格，我猜可能就是档次吧。这道菜从前我经常做，我们老家在江南水乡，慈姑多得很，在上海小菜场上，也经常看到慈姑，比我们老家大，长长一个芽嘴，像脑袋上长了一个辫子，沈从文就称它为“清朝人”。慈姑炒肉片我做过几次，都是在心情好的时候，做法与土豆炒肉片没什么两样，只是土豆炒肉片太平常，市井小菜，吃过也就吃过了，记不住。慈姑苦，苦是它的特点，苦过之后有点回味，仿佛苦尽甘来的意思，用它炒肉片，不用放芡粉，风味独特，沈从文爱上了它，就像爱他笔下的三三、萧萧和翠翠一样，这种美是一种另类的美，美得特别。

杨花萝卜炖干贝也好，慈姑炒肉片也罢，只是传统文人用来营造心境的一种手段，在春雨中或秋月里，慢悠悠地做着菜招待远道而来的文朋诗友，对他们来说，就如同写作一样是审美体验，也是一种行为艺术。

见报日期：2003.02.27

“鸡蛋世界”

周　伟

走出乡下农家二十多年了，却怎么也走不出那个小小的“鸡蛋世界”。

那时，农家的娃崽极易养活，也懂事得早。我现在看到城里的孩子被像小皇帝一样供着，时时向大人伸手要钱，就觉得农村的娃崽可爱得多。农村的娃崽过生日，往铁鼎罐里灌一勺水，煮一个鸡蛋便行了。沸沸的水一开，捞出来，往冷水里一浸。鸡蛋滴着水，蛋壳却蛮温热，剥开蛋壳的鸡蛋圆润白玉一般，散发着诱人的蛋香。先吃蛋白，一小块一小块地吃，再吃圆圆的蛋黄，黄黄的，吃得急，塞得满，沾得满嘴都是，让人看了有一股特别温馨的感觉。吃后好长一段时间，竟还咂吧嘴，直觉清香味纯、丝丝甜甜。娃崽长大后有走进城镇里的，尽管也学着过生日吃蛋糕，点蜡烛，唱生日歌，开生日舞会，但总也找不出儿时过生日那种特别惬意的感觉。有的娃崽得到父母长辈的奖赏，最高也莫过于几个鸡蛋。把鸡蛋先藏掖在衣裤兜里，待小伙伴齐集在一堆了，便把鸡蛋攥在手里，举过头顶，那份自豪，那份高兴劲儿，溢于言表。谁都知道，能得到鸡蛋，准是有竖大拇指的事儿：或是扯猪草、捡柴火、拾稻穗有不俗的表现，或是带弟妹、煮饭、做菜很在行，或是考试考出了好成绩。若讲考试，农家有个规矩，考试那天，每家大人都要把伙食搞好一点，盼望娃崽考出个好成绩。若吃鸡蛋，或油炸，或荷包蛋，或煮蛋，但绝不能只吃一个，怕娃崽考出一个“0”分来。因此再困难，也得吃两个。

乡下人家来了贵客，也是靠鸡蛋献热情。变着法儿做，先是油炸鸡蛋，往热得透红的锅里滴少许清清亮亮的香油，待冒烟时，把鸡蛋往锅沿上轻轻一磕，滋溜一下蛋就滑进了锅里，立时像孙悟空变戏法似的，大，大！再使锅铲一压，又翻腾成蛋饼，黄亮黄亮，渗着油。赶上时候，割几把青青嫩嫩的韭菜，最好是扯上一些野葱，切细了，和鸡蛋一搅和，做成蛋饼，那个味儿呀，真是没得说！还得来上一海碗汤，汤里浮着荷包蛋，好看又好吃！

农家人身子壮骨头硬，少有人去医院躺个十天半月的。倘若生一些小灾，也用不着那么“贵气”，不像城里人急匆匆就往医院赶，自己把自己吓怕了。农家人就不，大大咧咧，没啥事一样。就是得了重感冒，发寒发烧，也不打紧，一个泥土烧成的罐子，里面盛满鸡蛋，抓几抓自己搓成的春茶，兑上水，加点盐，往烧得呼呼笑旺的柴火里一伸，随它呼噜呼噜地叫唤。个把小时拿出来，水已墨墨黑。就这样煨两罐茶叶蛋，身体又是梆梆硬。

一晃离开乡下二十多年了，但有关鸡蛋的往事儿却历历在目。现在虽然可以天天敞开肚皮吃鸡蛋，但总觉得儿时在农家吃的鸡蛋最令人难忘。

见报日期：2003.03.20

荞麦园小记

马治权

荞麦园是一家卖陕北饭的特色风味店。老板薛莹巧三十出头，皮肤白皙，眼睛细长，气质文静。平时见了，她会温柔地一笑，像实习生一样，使你感到的是腼腆羞涩。但她实际上很泼辣果敢。凭着这股果敢认真劲儿，薛莹巧把荞麦园办得红红火火。

其实荞麦园的创办还有点传奇色彩。老板薛莹巧在日本读书期间，日本人招待她吃荞麦宴。薛莹巧问："日本也产荞麦？”日本人回答：“是从中国进口的。”薛莹巧又问：“为什么要进口荞麦？”日本人回答：“荞麦是杂粮中的极品，长期食用可医治现代人的‘富贵病’。”

薛莹巧受到了启发，回来后就创办了荞麦园，开始研究荞麦系列，如荞麦碗砣、荞麦抿节、荞麦麻花炒鳝段，以及荞麦凉粉、荞麦馍馍、荞麦麻食、荞麦稀饭等。加上陕北其他小吃，荞麦园的饭菜特色就不同一般了。“时势造英雄”。中国人奔小康，饮食需要革命，而开发绿色食品正是方向。

总店初办时，薛莹巧还不老练，所以，面积只有两百平方米。分店今非昔比，面积扩大了十多倍。一栋楼，十几个包间，有吃饭的地方，也有茶舍、歌厅。店内装饰风格独具，陕北风情为主调，名家题词点缀其间。因我是陕北人，近水楼台，得天独厚，老板薛莹巧便请我题写了店名。群贤毕至的地方，让我显山露水，我真有些受宠若惊了！不过，高兴归高兴，字还得横平竖直、认认真真写哟。

荞麦园现在远近闻名，几乎成了陕西文化人的沙龙。这除“天时”（生活富裕了，人们开始注意绿色食品）、“地利”（美院这块地方，听起来就不同凡响）之外，“人和”是很重要的一个因素。老板薛莹巧经营有方，乐此不疲。“来的都是客。”凡是在荞麦园吃过饭的人，店里都有记录，她便隔三岔五地打个电话，问候问候。常来的客人，逢年过节还主动请来免费用餐，征求意见。有时也登门拜访，送点油糕或米酒，略表心意。时间长了，“荞麦园”三字便不胫而走。“人和、店雅、饭菜香”便也成了该店的口碑。民歌手王向荣说：“我走到哪里，唱到哪里；唱到哪里，红火到哪里。”王向荣也是荞麦园的常客。他在别的地方怎么唱，红火成什么样子，我都不得而知。但王向荣在荞麦园放歌，却是我亲见亲闻的。那歌声真正是昂扬奔放，荡气回肠，余音绕梁，三日不绝。听者无不叫好。

今年春节，薛莹巧请我写一副春联。我常来店中，感触尤深，所以几乎不假思索，就一挥而就。上联为：信天游唱出四面情情深意长；下联为：陕北饭引来八方客客雅人和。横批：此为家乡。有人问："横批出何典？"我说："李白《客中作》。"李白这首诗本来是写乡愁的，但由于主人的好客，兰陵美酒的香郁，竟使他忘了乡愁，甚至流连忘返，因之写出了"但使主人能醉客，不知何处是他乡"的名句。这种心情正好与客居长安的陕北人的心情相似。我于是将"不知他乡"改为"此为家乡"。其意是说，这里就是你的家乡啊！这里有"三边"羊肉，有甘泉豆腐，有热腾腾的油糕，有滚滚的米酒，有《兰花花》，有《走头头》……

见报日期：2003.03.29

玉版竹笋

郭松民

不知道从什么时候开始，赣菜悄悄地在北京红了起来。我住的地方，还是比较偏僻的，小区外面也开了两家专卖赣菜的酒家。一家名曰“赣江红”——老板说，意境取自毛泽东的词“赣水那边红一角”；另一家则直书“土鸡土鸭”。

赣菜之中，我最爱吃的便是竹笋，觉得清、嫩、鲜，莫过于此，真个是菜中尤物。有时忽然想到孕育它们的母土——一片萧萧的竹林；进而联想到爱竹的名士——

竹林七贤一类曾在那里徜徉笑傲，仿佛连笋都沾上书卷的清香了。

苏东坡和笋结下了不解缘，除了传诵甚广的爱竹也爱肉之句，这位仁兄还爱吃苦笋，且不觉其苦，正如有人偏爱食苦瓜，喝苦茶，委实“其甘如荠”。据说苏东坡邀刘器之谒见玉版禅师，到庙里，禅师招待他们一顿烧笋，味道太好了，东坡赞道：“这笋应该名为‘玉版’。”并作偈云：“不怕石头路，来参玉版师。聊凭锦珠子，与问箨龙儿。”从此，笋就别名“玉版”了。

用玉版作笋的别号是很形象的。宋吴自牧的《梦粱录》记载竹笋的别名还有：“南路、白象牙、哺鸡、猫儿头、黄莺、晚篁，皆即凉笋。”“又有紫笋、边笋。”南方食笋，分苦笋、淡笋两种。淡笋即淡竹，所以竹也分淡竹、苦竹。古代形容妇女纤手为春笋。春笋上市时有棕色的笋壳，剥洗后便如同玉版象牙纤指一般了。

有人说卖笋声如蝉鸣似的不出长城以北，不过前些年在北京还能听到。深巷叫卖的，大多是苏杭的小贩，声音悠长柔美。记得有一次，居然见到了浙江的天目笋。

袁枚的《随园食单》说，浙江的天目山产笋著名，“其篓中盖面者最佳，下二寸便搀入老根硬节矣。须出重价，专买其盖面者数十条，如集狐成腋之义”，所以再好的笋也不能吃老根。

读大学时，有一位江西的上铺，自家竹园素产鲜笋，每年吃不掉便用来制作“笋脯”，盐渍煮熟再上篮烘制，再加清酱，色微黑，味胜火腿，故又名“素火腿”。此法古已有之，在明清笔记中均有记载。我吃得上瘾，假期一结束总要巧取豪夺来大快朵颐。

我是一个纯粹的北方人，平时连竹林都很少见到，吃新鲜竹笋更是一种奢望。北京的赣菜馆虽如“雨后春笋”，但竹笋的味道，还是有点儿陈旧。去年早春到赣州，每每见到包蓝头帕的妇女担着两篓新砍的尖笋送到街边的小饭店。我发现新鲜竹笋即使仅用白水煮煮，蘸清酱麻油也很好吃，用它做的荠菜豆腐羹，田野风味十足，今年以来久疏此味，竟然酿成一种类似思乡的蛊惑出来了。

见报日期：2003.04.03

父母的烙饼

郭　卿

对家庭、对父母的挚爱感怀往往来自一些细微的事。我就常常在想，吃到父母烙的饼时，便思想出家庭的温暖，感受到父母亲子的温情。

烙饼是北方最传统的面食，据说也是中国最古老的传统食品。说它传统可能是指从考古发现中就有数千年的痕迹，而且今天北方大部分地区仍以它为主食，但它必定不是什么精细的“大餐”，两者根本没有相比的可能。

父母烙的饼既传统，又有很多变化，可见是下了精心的功夫。父母烙的饼除发面饼、半发面饼、死面饼、炝面饼、苏打饼之外，内容上还有葱花饼、千层饼、芝麻椒盐饼、南瓜丝或西葫芦丝饼、杂和面饼等。吃法可能更多，卷菜摊鸡蛋，随心所欲。千层饼、南瓜丝或西葫芦丝饼松软，就着拌菜小米粥相当可口。死面饼、椒盐饼、葱花饼焦脆，可白口吃要，也可抹些辣酱就着生葱，香爽生津。至于馅饼的内容就更多，几乎没有不可以成馅的生蔬，往往父母想出一种变化而要早几天就开始准备。

父母也常不解，现在生活好起来了，吃食花样众多，为什么几个孩子还爱吃这普通得不能再普通烙饼。我们也就随机向他们说，过去吃不饱的时候想吃吃不上，现在补回来。其实，我们心里都知道，父母精心准备的烙饼，其本身意义已传达着亲情和家庭的本质。在外应酬多了，吃上可口的烙饼，或卷些菜，或卷根葱大嚼之后快意顿生。在外待时间长了，想家了，回来吃上父母准备好的烙饼，能把一切思念都咽进心里。在家休闲的时候，将烙好的饼放上桌，焦脆，干吃，都有意味。

真正吃烙饼时的快意美感还在父母。他们在忙碌一阵后看着几个大嚼着的、富有生机的孩子，脸上总会浮生出舒心的满意的神情，仿佛又回到了一群围集在灶台边，等着烙出一张抢吃一张的往日时光。

现在要吃烙饼的意义早已不在饱腹，更多的是对家、对父母的念想。不理解的人常会说，这么"土"的东西还能当回事儿？好吃的东西多着咧。我想他们根本不会懂，悟不出这其中的感情，越吃越没精神。

如今父母年事渐高，总想在一家团聚的时候张罗些什么，为不给他们增添麻烦，我们总是点烙饼。这渐渐传到了我们的子女，但愿对家庭、对父母的亲情、关爱也能代代传下去。

见报日期：2003.05.01

山药蛋饼子

高明远

提起山药蛋，相信不少人知道，它是北方田野上一种重要的农作物。其果实，于土里长大，在土中成熟；胖乎乎、圆乎乎，土眉土眼而如蛋如豆。于是人们亲昵地称其为山药蛋，也称土豆。

山药蛋何时栽培于北方，我未作考察。但世世代代的北方农家，一直把它当作餐桌上须臾不可离开的食物，倒是一个不争的事实。尤其在那瓜菜半年粮的年代，山药蛋简直就是农民赖以生存的命根子。村村寨寨，一种就是几百上千亩，种得连天没云。待到秋收冬藏时，人背车拉，家家户户地窖里满满当当，装的全是山药蛋。唯其多，人们从早到晚，一日三餐，饭里煮的、火里烧的、笼里蒸的、瓢里炒的、锅里烀的、碗里盛的，几乎是舍山药蛋而无他。甚至连缺少奶水的婴儿活命，都离不开山药蛋糊糊的喂养。煮、烧、蒸、炒、烀的山药蛋，虽味道不同，特色各异，百食不厌，但所有做法、吃法中，最诱人也最令人难忘的莫过于山药蛋饼子了。

山药蛋饼子，顾名思义是以山药蛋为原料，精心制作出来的饼形食物。如今，随着人们生活水平的极大提高，尤其是对膳食构成中大鱼大肉的腻烦，山药蛋早已走出农门，登上了包括星级酒店在内的大雅之堂。然而细察其吃法，不过炒丝炖块，一般而已。可是，如果你有机会做客山西盂县，在餐桌上，你会见识和品尝到一种很特别的吃法，那就是山药蛋饼子了。

时逢饭局，坐于店铺。当步履轻盈的服务小姐款款来到桌前，把一个盛在大盘子里金黄肥厚的大圆饼摆在你面前时，想你一定不敢贸然将它和山药蛋联系起来。那圆、那厚、那暄腾、那热乎、那色泽的黄亮……你会觉得那怎么会是一张饼啊，那分明是一轮东方欲晓时的太阳呢！当主人告诉你这就是盂县特产山药蛋饼并让你赶快下箸时，短时间内你一定还会生出一种急欲下箸而又不忍下箸的矛盾心理呢。诱人的香味诱得你动手，先揭起的是表皮，吃在嘴里的第一个感觉就是油而不腻，脆而不焦，香而爽口，像是吃一种特制的锅巴。由表及里，其瓤体部分那白、那嫩、那绵、那滑，本就叫你忍不住垂涎。要是再蘸上喷醋辣椒，那个美呀，比过去所谓大年初一吃了顿饺子，紧接着正月十五又吃一顿饺子还要美！

如此“美味佳肴”，你吃了后一定想了解它是怎样做成的吧，我告诉你，工序有三：首先将山药蛋洗净、去皮，用扁孔礤子擦成宽丝；其次是在擦好的丝里佐以适量的盐和花椒面，然后拌匀；再次是选择一平底铁鏊，放油、置火上。待油温升高后，将拌好的山药蛋丝倒在铁鏊上，用铁匙摊匀，厚若寸许，用文火煎焖。

大约一刻钟后翻个儿，再煎焖一刻钟左右即成。这里要把握三个关键，一是翻个儿不能散，二是油量要稍大，三是不能用急火，否则会煳。

当你和家人或朋友围桌品尝山药蛋饼，享受其特有的美味时，说不定由此及彼，还会对山西以赵树理为代表的山药蛋派作家的作品有新的感受和理解呢。

见报日期：2003.05.10

家乡的霉豆腐

刘　杰

清明节前后，在赣西农村，这个时候，家家户户都做起了霉豆腐。

说起做霉豆腐，过程跟平常的豆腐没啥两样：浸豆、磨浆、泡浆、点卤水，等压过水的豆腐坯子托在手里不散不碎，就把它划成火柴盒大小的方块，装进垫好干净稻草的竹器里，随手放在哪个角落，过十天半月，揭开一看，长着毛茸茸的白毛的霉豆腐伴着一股特有的清香扑鼻而来。这时，就可以拌料装坛了。拌料可有讲究，喜欢辣的，里面少不了辣椒粉；喜吃香的，当中加入茴香、桂皮。

喷香的霉豆腐总是牵起童年的记忆。在那段“三根红薯丝扛粒米”的岁月里，难免会吃在碗里，看在锅里。但对吃的期望，总会落空。于是一碟霉豆腐，登堂上桌，成了餐桌上的常驻代表，也成了我童年时的美味佳肴。特别是在农忙时节，头茬要割，二茬要插，忙里忙外劳累了一天的父母，到菜园里摘一把自家种的青菜，再夹一盅霉豆腐，浇上清亮的菜油，放在饭甑里温热，一家人就着青菜、豆腐，在“风卷残云”中，几碗饭就这样下肚了。

而后，我在外求学、工作，与家乡渐行渐远。然而羁旅的行囊中，总少不了一盅母亲精心调制的霉豆腐。尽管我到过很多地方，尝过各种风味的霉豆腐，总觉得比不上家乡霉豆腐那样香，那样醇。有次逛超市，罐装的家乡产的霉豆腐赫然摆在货架上，惊喜之余，赶忙买了一大袋，送给同事和朋友，让他们也尝尝我常常“吹嘘”的家乡霉豆腐。可是，他们根本体味不到，在我异乡求学，带的菜馊了没菜吃的时候，在我百无聊赖、无以慰藉的时候，在我心中说不清、道不明想家的时候，一碟霉豆腐和着乡愁，细细品味，朦胧中，故乡的小桥、流水、炊烟……仿佛历历在目。

见报日期：2003.06.14

咸菜飘香

陈露霞

咸菜是一种腌制的佐餐小菜，其品种很多，大类就分为酱菜、鲊菜、泡菜、腌菜。昆明人一般笼而统之，通称为“咸菜”。它或酸或甜或辣或麻或咸，味道多元，不一而足。

在老辈人看来，几乎没有不能腌成咸菜的菜，而一年到头也总有他们腌不完的咸菜。春天的香椿、蒜薹、苤蓝，夏秋之交的辣椒、茄子、韭菜花、四季豆，只要大量蔬菜上市便宜时，他们便成挑成筐地买来腌。腌咸菜的主要季节是冬天。一到年末岁首，天一放晴，肥大翠绿的苦菜、切成五指分叉状的雪白的萝卜，便挤满院子、巷道，把平时晾衣服的铁线压得低低的，在微风中悠缓地一摇一摆。来一个深呼吸，不对，除蔬菜的清香外，空气中还弥漫着其他味道。猛一抬头，院墙头和低矮的平房顶上，团团的簸箕被纱布蒙得严严的，不用问，里面一定是打成小块的臭豆腐，要不就是捂好（经过发酵）的黄豆、蚕豆，等着晾晒后做卤腐、豆豉或者豆瓣酱呢！

并不是人人都能把咸菜腌得色香味俱全，况且腌咸菜是一件极繁琐的活计。就拿昆明人常吃的茄子鲊来说吧！茄子买来洗净后切成小拇指样的细长条，晾晒数天使水分蒸发，之后放在蒸笼里上猛火蒸透。再把淘洗晒干的大米放在锅里炒香，同时放入少量的八角、草果、茴香籽等香料一同炒，之后把它们磨成粉做成米面。晾透的茄子条、米面加上晒瘪切细的新鲜红辣椒、盐巴、酒、红糖等调料一起拌匀揉透，就可以装罐待用了。这些工序写起来简单，但做起来没三几天的熬头是不行的，因为晾晒得老天帮忙，要是茄子买来后尤其是切好后阴雨连绵，那就算是没生霉，做出来的味道也会大打折扣。才做好的茄子鲊现吃也行，但最好过了个把月腌透再吃。多搁点香油，把鲊倒在锅里一炒，顿时满屋喷香，惹得人满口生津，垂涎三尺了。

我不算爱吃咸菜，但至今仍对两种咸菜心存向往，就是多年前吃过的我舅母腌的红薯鲊和南瓜鲊。这两种咸菜在昆明这么多年我从未听人说过，更未见过。它们的味道较为相近，甜香中带着糯软，又十分有嚼头，辣甜辣甜的，至今一想起来就唇齿留香，满口生津。老辈人老矣，腌点咸菜不容易，否则就是带个口信去，老人家也会腌了托人带来的。我所认识的爱做咸菜的老辈人就是这样，只要你对她提起她做的哪种咸菜如何好吃，她饱经风霜的脸一定会绽放成菊花，并且不管你是无意还是有意，也不用你再多言，她会主动把那种咸菜送来给你。

现在，我们三十来岁这个年龄的人，以及更年轻的人，已经基本上不会腌咸菜。真是一大遗憾。我们已难以体验到老辈人腌咸菜的那种快感和乐趣了。

见报日期：2003.08.07

翠黛溢香构杞棵

左梦魁

一天早晨，妻子拎回一袋子邻居送给的刚摘来的野菜，眉飞色舞地告诉我："这是枸杞棵，人家说包饺子可好吃了，配什么菜就是什么菜的味道。""枸杞棵？"我的精神一振，马上想起母亲在我儿时说过的"枸杞棵能治病"的话。我故意问她："你怎么知道它能吃？"她说，有一位邻居过去在深山老林、荒无人烟的祖国边陲当兵，吃不上新鲜蔬菜，连长发动战士上山采野菜。这些解放军战士经过遍尝百草，才得出枸杞棵可吃的结论。妻子的介绍，我深信不疑。于是，便翘首以待，静候品尝那出锅的美味吧。

妻子经过拣选、清洗，又放进开水锅里烫了一下，再切碎，配上韭菜和猪肉，做了一小盆饺子馅。待热气腾腾的饺子端上餐桌，从外表看与其他饺子没有什么异样。我们各夹了一个送进口里一尝，“哎，神了！”不由得啧啧称奇。一股韭菜的清香立时溢满餐厅。我连吃了几个，咂咂嘴，仔细品味，感觉用枸杞棵做的饺子馅，一是爽，口感滑溜而不滞涩，非常容易下咽；二是脆，它不像一些叶片蔬菜没有筋骨，入口就烂，而是脆而不腻，耐咀嚼；三是香，与韭菜搭配就有韭菜的味道，这味道不浓烈而清淡，令人长久回味。这一吃不要紧，就再也忘不掉啦。

为找到枸杞棵能吃的依据，我查阅了过去的剪报资料。关于枸杞入药的记载，先见于《本经》，后见于明代的《本草纲目》。据最新科学分析测定，它含有十三种人体需要的营养成分。它的果、柄、叶，可以延缓衰老，抑制两种人体癌细胞的生长。唐代著名诗人刘禹锡还写过一首赞美它的七律诗呢。

过了两天，我随妻外出散步时留意了一下，发现这种枸杞棵还真不少。离我们住地不远的野外，地头、路边、沟渠旁，到处都有分布。一片片，一堆堆，一簇簇，一丛丛，深如青黛，淡如嫩绿，新冒出来的枝叶青翠欲滴，惹人喜爱。这种野棵子，没有人在意它们，更没有人去侍弄它们，土生土长，自生自灭。然而，它们却像故意长给人看一样，蓊蓊郁郁，茁壮茂盛，实在是一种难得又无污染的绿色食品。我俩采了几把送给正在患病的表姐，请她也尝个鲜儿。因医生嘱咐忌食葱、韭之类的辛辣食物，她包的是配以茴香苗和猪肉的饺子，并请我们去品尝，果然又是“一番滋味在心头”，表姐连声夸赞说“好吃”。枸杞棵不仅可以做饺子馅、包子馅，烫熟之后佐以盐、醋和香油，还是美味可口的凉拌菜呢！我的那位“传经”的邻居，每年春天总要采一些，用开水氽一下，放进冰箱冷冻起来，预备春节时吃。她的两个儿子，过一段儿就央求母亲凉拌一次枸杞棵，为的就是解馋。

见报日期：2003.08.21

羊肉汤的魅力

许大钧

喝汤是河南饮食的一大特色，以开封为最。在河南的许多地方，熟人见面都是问："喝啦？"而不问："吃啦？"难怪过去有"穷人吃口馍，三年不离河"的戏谑。过去，老百姓生活比较困难，经常喝的是红薯汤、杂面汤、小米汤。后来生活越来越好，喝的是羊肉汤、牛肉汤、丸子汤，等等。在开封，无论在大酒店、小饭馆，还是街头巷尾、早市夜市的饮食摊儿，你都能品尝到各种美味可口的鲜汤。

就说羊肉汤吧，磨盘般的锅里堆着骨头和肉，在火上咕嘟咕嘟地滚着，那白生生的汤，浓浓的味儿，顺风能飘出半道街，包管你闻香而至。卖汤的伙计红光满面，挺胸直腰，双手叉腰。有位朋友姓来，每次都要添五回汤，人称“来五碗”，在常喝汤的圈子里是有名的人物。“来五碗”是打铁的。在车间里一人干俩人的活，夹着几百斤重的铁块来回翻动，像翻烧饼一样轻快。有一回出差，他在长途汽车上看到仨流氓欺负一个姑娘，就过去阻止。俩流氓扑上来架住他的胳膊，另一个出拳打他，谁知像打在铁块上似的。只听老来大喝一声“给我出去吧”，胳膊一使劲儿，又一抬脚，仨流氓被扔了出去，个个摔得鼻青脸肿。

羊肉汤的做法不知道是谁发明的，把骨头和肉放水里熬足熬够了，端起来就喝，既顶饥又方便，养分大好消化。它把水、骨头和肉恰到好处地融合在一起，把看似简单而功效非凡的汤的作用发挥到了极致。

羊肉汤里的水是软的，骨头是硬的。骨头里的骨髓化到了汤里，人喝了就不会缺钙，骨头就硬，力气就大，胆量就壮，敢作敢为，这就是我们所说的“有骨头有肉”和“有血有肉”。难怪河南人有血性，脾气倔强。开封人有种、敢挺。

在开封，不论是干力气活的还是文人雅士，都喜欢围到一堆儿喝羊肉汤。古朴浓烈、原汁原味的鲜汤铸就了人们的热情、实在、讲义气的秉性，使古城人有一种刚烈、果敢而豁达的气质，这也许就是羊肉汤在这里长盛不衰和充满魅力的原因吧。

见报日期：2003.08.23

食　蕨

蔡励建

辞书上讲，蕨是多年生蕨类草本植物。用孢子繁殖。嫩叶可食，根茎可制淀粉，也供药用。在我的“辞典”中，蕨是山的毛发，山的孩子，山的特产，山的专利。我们湖区采莲食菱长大的孩子，只知“短篷炊饭鲈鱼熟”，只知“溪头卧剥莲蓬”，而不知蕨为何物。

然而，几年前我去岳阳大云山开会，有幸第一次认识了蕨并美美地吃了一顿蕨根，真是大饱口福。那是一盘蕨根炒猪肉，蕨多肉少，那褐如柴薪的蕨根，乍一看，没有滴翠的绿叶，更无鲜硕的果实，压根儿引不起人的食欲，可吃起来真香！与会的同桌们大概平日里多吃荤腥，很少碰到这山野之珍，一个个举箸动勺尽往那蕨菜盘里去，吃得津津有味啧啧有声，大有“蕨到吃时方恨少”之叹。

据当地老乡讲，大云山蕨菜如今入都市、进宾馆，早已成为城里人甚至是外国友人的盘中餐了，但他们仍然念念不忘蕨根对人类的恩泽——“大跃进”时期蕨菜蕨根就救过他们的命。这使我蓦然想起两千多年以前那不食周粟、采薇而食，最终饿死首阳山的伯夷和叔齐来，他们昆仲曾经采过的“薇”，是否也还包括蕨根呢？！我不得而知。然我想蕨自古以来就已是山之珍人之宝，这一点已经是不用置疑了。

人世间许多事情似乎是周而复始的，如今之人大多喜欢食用野生之物，诸如野芹、藜蒿、芦笋之类，这已是见怪不怪了。我想除了人们的味觉“回归”，还有一个重要的原因，那就是野芹、藜蒿、芦笋都自由地生长在大自然，无人照管，且从不施用农药化肥，用时下流行的话来说，是正宗的绿色食品。蕨同野芹、藜蒿、芦笋一样，命贱易活，况且在插根棍儿也抽芽的江南那更是遍山皆生。因此，蕨虽经千年万载风吹雨淋，却仍如火如荼，生生不灭。

据说时下蕨有许多种吃法，我不曾尝试。但我从大云山回来时，特意买下两袋蕨根干，先后请我年逾古稀的母亲和年过不惑的妻子下厨烹饪。母亲做蕨根干锅，除放油、盐外，不置任何佐料，妻子则配以猪肉重油，虽色、香、味、形俱佳，却终不如母亲制作的蕨根原汁原味，吃后齿颊留香。为此，我纳闷许久。

见报日期：2003.08.25

豆花泡馍

王云奎

陕西凤翔的豆花泡馍，是关中西部一带很有名气的早点。每天一大早，从县城的东关向西走，这条主要街道上，豆花泡馍的摊子几乎隔不了多远就有一家。摊子跟前围满了人，有老人，有小孩，也有姑娘，还有许多进城打工的农民和去学校的学生，他们一个个端着大碗，或坐着，或站着，有的干脆蹲着，那吃得真叫香，让看着的人也不由得馋涎欲滴。

凤翔的豆花泡馍是从什么朝代出现的，已经无从考证了。他们一辈一辈的人把这种手艺传下来，直到今天依然保持了十分精细的做工。做泡馍的豆花，第一道工序是精选豆子。要买上好的黄豆，瘦的、碎的、霉的，统统要拣掉。然后，用清水淘几遍，再用水浸上，一般要浸好几个小时。浸好了以后，就用石磨子推。如果你有幸看到磨豆子的话，那可真是一种艺术享受。那被磨成了糊状的豆浆，雪白雪白的，顺着石磨往下淌，一圈一圈的，参差不齐，像天上的云朵一层层地飘下来。磨好了以后，就在锅上搭好架子，用很细很细的箩往下过。一个人在上面用手过，一个人要不停地用火烧。这“过”和“烧”都很有讲究。“过”的人要不轻不重。轻了过不下去，重了，一不小心就会戳破箩底。火要烧得不大不小。小了，过下去的豆浆就会发生沉淀。大了，又会煳锅。还得一边烧一边搅，真是忙得不可开交。要吃上好的豆花泡馍也真是不容易。

对泡馍的豆花软硬的要求，既不同于豆腐脑，就是说不能像豆腐脑那样嫩，也不能像豆腐那样老，而是介于二者之间。这种豆花吃到嘴里，是一种滑溜溜、清爽爽的感觉。再加上红红的油泼辣子和用上好的面烙好的、切得又薄又宽的锅盔馍，那真是色香味俱全，食者不连声叫好才怪哩。同时，吃这种食品，既能增加蛋白质，又十分有利于胃的消化。有几位和我一起工作的同志，原来有胃病，坚持吃了几个月的豆花泡馍，不但吃好了身体，而且还治好了久治不愈的胃病，真是一举两得。

正是由于豆花泡馍这种食品有这样多的好处，所以大受人们的欢迎。外地来凤翔出差的人，一般都认为，吃了豆花泡馍，才算真正走过秦的古都凤翔。豆花泡馍也很快风靡到了周围的县市，甚至还越传越远。

见报日期：2003.10.04

平生最爱功夫茶

晏　彪

品茶一是讲究茶具的精美，二是不求解渴而是追求一种精神享受。范仲淹在《斗茶歌》中有这样的句子：“吁嗟天产石上英（指茶叶），论功不愧阶前冥（指传说中的瑞草），众人之浊我独清，千日之醉我可醒。”古人对品茶是一往情深的。我对茶称不上多么痴情，但人生将半，不烟不酒，独嗜茶耳。在经历了花茶（少年）、绿茶（青年）后，我又爱上了功夫茶（中年）。

去年春节，举家赴广州赏花。没有料到，广州之行最大的收获不是赏了什么名花，而是彻头彻尾地成了功夫茶的知音。

大年初二的上午，去拜访王胜文先生。王先生是潮汕人，潮汕人以喜喝功夫茶见长，只要有亲朋好友来访，他总是以上等的功夫茶敬客。

潮汕人品功夫茶是很讲究的，一套小巧的宜兴紫砂茶具，精美之极。但见“紫玉金砂迎客至”几字绘于如满月似的紫红色茶具上，分外雅致。那蜜橘般大小的紫砂壶，胡桃大的茶杯，玲珑小巧，精致之极。未曾品茶，先被这如古玩般的茶具吸引了。

“品功夫茶要有上好的茶叶和精致的茶具。”王先生一边说着，一边用开水预热茶具，而后，将大叶的茶叶放进茶壶。

“这是潮汕上好的茶叶——凤凰单枞，茶叶既不能装得太少，也不能装得太满；茶叶放得少，水自然就多了，所以茶叶放多少是有学问的。”

王先生说着提壶将沸水注入壶内，而后迅速倒在杯子里，一曰洗茶，二曰暖杯。之后，再将沸壶悬高而冲，先快后慢，徐徐遍淋壶外，此时随着水雾的升起，顿时茶香四溢。好茶！我禁不住叫声好，此茶不愧是茶之上品。这时王先生将三个小杯紧挨着放在一起，端壶缓缓斟茶，挨次数匝倒于杯内，并对我说，你看像不像“关公巡城”？眼看三杯快要斟满，壶中之茶水不多了，手中之壶又像鸡啄米一样，将壶中之茶一滴一滴地往每个杯里平均分配，这叫“韩信点兵”。……看着友人津津乐道地把这功夫茶操练得如此娴熟，真是一种由技术到艺术，再由艺术晋至一种境界的奇妙历程。

我们端起茶杯，先闻上一闻，一股清香直入肺腑，再小啜一口细细品味，甘甜与茶香令我“饮罢清风生两腋”，一杯入肚，齿颊弥香，如入仙境。

广州归来，不但带回一套精美的功夫茶具，还带回了品功夫茶的嗜好。每当夜幕来临或三两知己小坐家中，便拿出茶具，妙品佳茗，珠联璧合，把盏一啜，韵味无穷，不禁诗兴大发，特作《自度曲》一首以谢友人：窗外宁，轩内灯，凤凰单枞两腋风，新茶旧友情。檀香萦，雅趣浓，细品悠啜诵茶经，最爱潮汕茗。

见报日期：2003.10.09

又闻海伦大豆香

郭笑宇

离开海伦已近二十年。

大部分时间是在北京文海、商海拼搏，早已远离那曾经养育我的黑土地，远离田野、青纱帐、谷地和瓜香。每当我回忆起海伦，似乎又闻到那田野，闻到那大豆的馨香。

海伦的大豆算是有名的。

其实大豆不仅仅在海伦生长，黑龙江其他地区乃至整个东北或全国的其他省份都生长着这种植物。大豆是一种耐高寒、耐旱涝的植物。它不仅可以当主食和其他粮食一道食用，还可加工成豆腐，作为主菜，还可加工挤压出东北人最喜爱的食用油。特别是蒸煮之后，摔成块状，用草绳打包挂在自家的房梁上，过冬后，掰成块状晾晒后装入缸中，加水用打耙一下一下地捣，发酵后制成大酱。每家农户什么都可以缺少，唯独不能缺少用黄豆制成的大酱。每当春季，当太阳高照，亮瓦晴天，一家一户的院落中总会有男人或女人、孩童或老者坐在酱缸旁一下一下地捣着大酱。一边捣，一边用勺子捞净泡沫，一边张家买车、李家娶媳妇，唠不完的家常，唠着理想，唠着希望。孩子们围着大人跑来奔去，大花狗、小公鸡围着追逐，清风习习，豆瓣飘香，那真是一幅东北特有的亮丽景致。

我离开海伦这么多年，最难忘的是海伦的大酱。近几年市场繁荣，黑龙江竟有“许氏大酱”“嫂子大酱”摆放在北京的超市里，买回一尝确实是大豆发酵制成的，外包装袋很精美，但吃起来怎么也比不上海伦农村大娘制作出的大酱味正。据说做大酱分人，漂亮的女人和干净的老太太做的大酱香。

不仅海伦的大酱诱人，海伦的大豆制成的豆腐更好吃。我1974年秋学校毕业，分配到海伦文化馆工作，每到农村去，回城的时候，好客的乡下人总会让我带几斤干豆腐，那豆皮又薄又黄，回到家里，摆到饭桌上，夹几根绿葱，用酱一蘸，又好吃，又香。冬天乡下送来几板冻豆腐，用大白菜一炖，真是好吃。

海伦的大豆香，海伦的大豆养人。海伦的姑娘出落得水水灵灵。粉红色的脸庞，长长的眼睫毛，长得标致，长得俊美。至今，我仍能想到海伦街头好看的姑娘们，如今她们已成为婆姨，我想她们要是制作大酱一定会好吃。

海伦的大豆之所以丰产、好吃，是因为海伦的土质好。那土质是黑色的，黑油油的，按照当地人的说法抓一把都有油。据说这黑土地与美国加州同一纬度，属黑钙土。还有，海伦有几条河水资源丰盛，如扎音河、克音河、通音河等，有五河十岸之说。再加上海伦东部几十顷茂盛的森林，应该说海伦的地容地貌，是海伦大豆盛产的特有条件。

我对海伦情有独钟，为了纪念海伦，我的女儿就叫海伦。当时，人们不理解一个女孩家怎么叫海伦地名。其实海伦不仅是地名还是古希腊神话中的美神。我想当初这个地方用海伦命名一定有更深的文化出处。

如今我女儿在北京一所大学毕业后已留学英国攻读法律硕士，她已出落得水水灵灵，亭亭玉立。她经常在电话里和我谈起海伦，谈起海伦的干豆腐好吃。

听说海伦市委、市政府要打造海伦大豆品牌，弘扬海伦大豆文化。应该说海伦市委、市政府是有眼光的，弘扬海伦大豆文化不是目的，目的是让国人更近一步了解海伦，认识海伦，使海伦真正走向世界。

见报日期：2003.11.13

侗家社饭香

龙燕怡

“鹅湖山下稻粱肥，豚栅鸡栖半掩扉。桑柘影斜春社散，家家扶得醉人归。”这首脍炙人口的唐人《社日》，早为大家所熟悉。然而，“五戊经过春日长，治聋酒好漫沽尝。万家午后炊烟起，白米青蒿社饭香。”这首《潭阳竹枝词》，恐怕就鲜为人知了。它是清朝一位官吏写的，以饱蘸感情的笔触，描述了湘西芷江一带侗家人过春社的情景。试想，一位终日享受美食佳肴的官员，也被社饭的清香深深吸引了，可见侗家的社饭确实非同一般；而久客侗乡的我，经常身临其境，耳濡目染、齿颊留香，更深知个中“三昧”。

侗家人吃社饭常在春社（立春后的第五个戊日）那天午后进行。戊日属土，所以这天也是祭祀土神的日子。因为土是人们的衣食之本，为了尊敬土神，农村素有“戊不动土”的习俗。“过社”这一天，男人们都在家里修整耙，准备迎接春耕；妇女和儿童则提篮背篓上山打蒿菜和胡葱，准备煮社饭。

蒿菜与胡葱这两样野生植物，是煮社饭必不可少的主要原料。扯回家来，将它洗干净切碎，再把蒿菜放在锅中滚水里烫一下，用筛子装上到井边漂洗、揉搓，将蒿菜的苦汁滤去后捏成一团备用。另将香糯、大米各半，放在温水里浸泡十几分钟，淘洗干净后再放进甑子里蒸。接着，又取来腊肉、香肠、血粑豆腐洗好切成丁炒熟，再炒些花生米、瓜子仁、黄豆之类做佐料。当香糯饭快蒸熟时，把它倒进大簸箕中，将蒿菜、胡葱放进去，同腊肉丁、花生米等一起搅匀，撒上精盐，重新放进甑子里蒸，大约半小时后，就飘散出诱人的社饭清香了！

吃社饭前，要先祭土地神，并吟一些祈祷的吉语，如：“田田出宝，挖土土生金。春种一粒籽，秋收千万斤。”等等。侗家是一个热情好客的民族，有了好吃的东西很乐意与大家分享，总要给左邻右舍送一些去。于是这家送过来，那家端过去，互相称赞对方的社饭煮得好，“喷喷香香的！”情深谊长，好不热乎；对那些未能煮社饭的孤寡老人，则这家请、那家邀，诚诚恳恳，实心实意，格外感人！

吃社饭时，大家围坐在火铺上，红漆盘子里摆的尽是可口的荤菜，正中间还搁着一大碗煎熟了的糯米糍粑，这还是特意留下来的“年粑”哩！侗家有这么个习惯：在春节前打年粑时，要特地做一个脸盆大的“粑粮”，一直放在水缸里，即使所有的年粑都吃完了也不能动它，要到过社时才拿出来吃。按照规矩，“粑粮”每个人至少都要吃一筷子，叫做“封蛇窿”，据说以后上山割草砍柴时，就不会被蛇咬；再者，吃了粑粮经得饿，做活路就有力气。

社饭以蒿菜为主，吃时带有薄荷似的清凉，加上胡葱和花生、瓜子、黄豆的浓香，以及腊肉、香肠等美味，还有那五彩缤纷的颜色，真是悦目爽口又甜心，舒服极了！

见报日期：2003.12.18

常忆米粉肉

施大鹏

天府隆昌盛产白猪，海内外驰名。那里自然条件和人们的饲养方法比较好，猪的肉质色泽就很优越。加上民间历来讲究烹调技巧，肉制产品往往营养保存好，香嫩可口。这真是闻名遐迩，口碑良好。

记得小时候在老家，每逢冬月，慈祥的太公太婆总要将自己在农村养殖的白猪宰杀一只，叫舅舅扛来城关镇上一半，作为给孙女一大家人的新年礼物。妈妈亲切地对儿子说："我自幼父母双亡，你要永远记住太公太婆对我们的关爱。就拿养大一只猪来说，真辛苦啊。喂的米皮糠，淘米水，红苕叶尖尖，菜帮子，不是随便得来的。比你仅大一岁的二姐，每天都要抽空，带猪儿去屋后坡上溜达，那才长得好，不容易啊。"就在这个时候，母亲便成了大忙人，除日常家务外，得开始辛勤地忙着做各色各样的年货。

母亲是全家三代人公认的"特级厨师"，她具有高出一筹的"食文化"，是地道的家常"美食家"。就拿年货来讲，腊肉、香肠、猪肝及酥肉等，样样都做得非常好看、好吃。

记得其中有种红米粉肉或叫红米粉蒸肉，那是母亲的绝活儿。我看她亲手制作过。我最喜欢吃，很爽口，我可以一连吃到上十片，一点不觉得"伤人"。几十年来，远离家乡，总不能忘怀，一想起来，嘴里总感觉美滋滋的。这种米粉肉与通常饭馆里所卖的米粉肉根本不同，味道也自然两样。制作起来，要选一大块一大块肥瘦兼半的猪肉。太肥不行，蒸出来会化成"水"，不带劲；太瘦则不滑溜，不润嘴。然后用刀把肉连皮切成长方形的不薄不厚的片片。每片肉都裹上红米粉，一层层地码在“泡菜坛”里。撒上盐、花椒粉，喷上酒，得适度，学问就在这里。要装满坛子，不能空半截儿，密封好。倒满坛边的水，水要经常换，但不得使水渗进肉内。大约一个月，即可陆续取出蒸食。蒸时肉下可垫豆豉之类。永川特产豆豉最好。保证你色、香、味均佳。

来北京多少年来，我已经没再吃到这样的味美、价廉的佳肴了。心想，如今的京城，四面八方的菜系都拥了进来，这对丰富首都人民生活，提高群众生活质量，无疑是大有裨益的。可是，“采风”者，为何不进一步努力发掘，把民间长远流传的“味道好极了的”诸如红米粉肉之类佳品引进来？据了解，目前北京的旧派和新派的川菜馆都尚未看见红米粉肉出现。最近，一位一直留居家乡、年逾古稀的挚友来信介绍说，猪肉裹上红米粉，一方面是因为色泽自然鲜明，好看；另一方面是这样做，可使胆固醇降低，对和胃、健脾都有好处。

具有“恐肥”心理的人，大可消除顾虑。还说，如今家庭、饭馆有冰箱、冰柜设备，四季都可“料理”。

见报日期：2004.01.30

诱人的腊汁肉

冯贵华

如你走在汉中的街头，闻到一股香味儿，侧头一看，就会看见店铺门前放着一口锅，锅里煮的就是腊汁肉。腊汁肉一般都是现煮现卖，那色泽褐红、冒着热气的各种腊汁肉堆在桌案上，散发出一种诱人的香味儿，常常招惹得行人和食客们垂涎三尺，留足购买。吃腊汁肉是汉中人的一大嗜好，这从城乡药店门前常挂有出售腊汁药料的广告牌子便可见一斑。在汉中，不论城里，还是乡间，几乎家家都有一个腊汁罐，来了客人，随时可倒出来煮肉，甚是方便。

顾名思义，腊汁肉即用腊汁煮出来的肉。但它不同于干腊肉，它们最大的区别在于，干腊肉是用烟熏腊的；它也不同于一般的卤肉，卤肉是用卤法制作的肉，即用盐水、五香料或酱油制成卤水，将肉放进卤水里煮熟即成。而腊汁肉不加姜、葱、料酒，也不用加糖来调色，只须用几味中草药及香料与肉同煮即可。这在中国饮食文化中堪称一绝，也算是汉中人的一个首创，体现了一方一域的民风民俗。

汉中腊汁肉所用中草药及香料为甘松、山奈、荜拨、良姜、砂仁、白蔻、细辛、白芷、肉桂、丁香，另加大茴香、小茴香、草果。这几种药料混杂在一起，制成药料包，即可用来熬制腊汁，它除能提供特殊香味外，还有健胃消食、润肺理气、散寒祛风、镇痛化滞、通窍开胃等功效。

腊汁肉制作方法十分简单：将药料包放入清水锅里，以旺火烧开，再以小火慢慢熬出味，调入精盐后，即可放入肉料同煮。所用肉料以猪杂碎（即猪头、猪肝、猪肚、猪心、猪蹄等）为主，牛肉、驴肉、狗肉及鸡、鸭、干鱼等也可选用。煮时用文火，慢慢地熬，让肉充分入色入味。肉不宜煮烂，要恰到好处，约40分钟，将肉捞出，经验丰富的家庭主妇，闻其味便可知肉的生熟程度。

煮熟后的腊汁肉，黑里透红，香味扑鼻，观其色，闻其味，不食也会满口生津。腊汁肉最普遍的吃法是将肉切成薄片入盘，蘸着味碟吃，味碟用红油辣子、姜末、蒜泥、葱花、醋、味精调制而成。夹一片肉放在味碟里蘸一下，入口有明显的药味儿，但味中有香，耐嚼爽口，香味醇美。另一种吃法是将腊汁肉切成片，或丝或丁，加葱、姜、蒜、料酒等作料，可与多种蔬菜同炒，也美味无穷。

在汉中，腊汁肉常常成为酒客们佐酒的尤物。酒客们一边品酒一边吃腊汁肉，酒香和肉香，还有那药香，嘿，那个味儿，真是过口难忘，让人无法用简单的词汇来形容出它的美妙。正因为如此，外地人一吃也丢不下。

其实它的妙处在于：那腊汁肉融入了微苦的药香味儿，使肉腥味儿明显减少，不油不腻。嚼一口肉，的确微苦，但那种微苦的味道很快被肉香、酒香压住了，越品滋味越浓。吃过几次，你就会知道，世上再没有比这更好的下酒菜了。喝完酒还要带上或半斤或八两腊汁肉回家。这样一来，卖腊汁肉的竟比卖酒的生意还好。

煮过肉后的腊汁和药料包可反复使用，将二者一同盛入瓦罐里，凉后盖实，可保存三五年不会坏。但储存时药料包切忌漂浮在腊汁上面，要将其深入罐底，否则会长霉变质。如药料包用的时间长了，味道会变淡，这时就需要换一个新药包。

见报日期：2004.01.31

年后的煎饼嘎渣

杨朝竹

恕我孤陋寡闻，在N个年头过后才知道，全国人口这么多、地方这么大，而以煎饼为主食的仅限山东省沂蒙山区的几个县。

连自己也难以说清，触动我情思的是儿时在小山村青石板铺就的街头巷尾一缕缕青烟从农家的饭屋里飘出新粮食做成的煎饼香味，是从鏊子上刚刚揭下来的软和煎饼卷一包热豆腐，还是大年过后父亲食垫过油的煎饼嘎渣等有关往事。一个个与煎饼相连的故事，在这个季节里像经典的老片一样在脑海里回放。

按故乡的习俗，腊月二十九这天晚上大多数人家要炸菜。除炸少量的鸡、鱼、肉外，主要是炸豆腐丸子或萝卜丸子。一般炸菜要在请家堂做供品和年后招待客人用，萝卜丸子才是大人小孩解馋的唯一。记忆中炸菜是年前的一件大事，在炸菜之前大人先在大一点的盆或用荆条编的笣篮子内铺上几张煎饼，说一是怕油了器具不好刷洗，二是垫过炸菜的煎饼吃了有劲。现在想起来怕浪费那点油花是真。那时的煎饼大多是用地瓜面摊的，呈灰白色，见风就柴，吃起来脆而酥，垫过炸菜的煎饼因放的时间长，多了点香味是不假，可酥得拿不成块，只能用手掬着吃或放在碗里泡着吃。

一般不出正月十五，盆或笣篮子里本来就少的炸菜就见了底，几张垫过炸菜的煎饼就越发干了，但因为煎饼嘎渣上有点油花，父亲是家里的顶梁柱，自然这么好的食品是他享用的专利。这时父亲显得很激动，十分小心地把煎饼一块块地拿出来放在簸箕里，生怕那点炸菜末子漏进笹篮子的细缝里，常常是先将大襟棉袄撑在双膝上，这样煎饼嘎渣即便漏出掌心，也不会掉在地上，而后坐下来认真地将煎饼嘎渣一把一把地送入口中，并要把撒落在袄大襟上的煎饼嘎渣一片片捡起，放入嘴里。那时候，我觉得父亲的这一举动非常不雅，这么一点煎饼嘎渣能让你饱一辈子？并暗暗发誓，长大我是不会这样做的。当我有了家庭，有了孩子，品尝了真实的滋味之后，才体会到那个年月父亲的心情，体会到珍惜粮食就是热爱生活的具体表现形式。

见报日期：2004.02.11

竹海富油黄粑

刘龙泉

“富油黄粑，热的！富油黄粑，热的！”

黄粑是一种米粑，是宜宾蜀南竹海这一带的地方特产。蜀南竹海，方圆四十四平方公里的楠竹密集广布，浩瀚似海。每年春天，几十万棵楠竹笋留下了数不清的笋壳叶，当地农民就变废为宝，用它来纳鞋底，做鞋垫，包米粑。楠竹笋壳叶呈金黄色，经竹箨和红糖的浸染，米粑变成金黄色，米粑就叫成了黄粑。黄粑不仅颜色好看，还有楠竹叶的清香，深受竹乡人民的喜爱。

黄粑是用糯米和籼米做成的。做黄粑时，将糯米和籼米按一定比例掺和，取其中一部分米料用石磨磨成米浆，其余的米料用竹甑子或木甑子蒸熟，倒入米浆内，再加入红糖、黄豆等配料搅和。将要蒸的米充分浸胀后，就按自己喜欢的形状、大小做成一个一个米粑，再用上等的笋壳叶包好，系上笋壳叶条，放入甑子里，先用旺火，后用微火蒸。待蒸干三四锅水后，金灿灿、香喷喷的黄粑就可以食用了。黄粑的配料有点儿讲究，糯米越多，做的黄粑越柔和；籼米多于糯米，米粑就要硬一些。有了米浆的凝合，黄粑冷的时候如冰块般坚硬，一旦蒸热，便是细软甜润，清香可口。包黄粑时，如果在每个米粑里放上一两根半肥半瘦的肉条，这就是富油黄粑。富油黄粑有肉和油的滋润，味道更加鲜美，颜色更显金黄，切出来的形态更加好看，富油黄粑是黄粑中的极品。

生活艰难的岁月里，糯米、红糖乃至籼米都很珍贵，黄粑也成盘中珍肴，只有在过年或者过生日、结婚办酒席时才能吃到，红糖也多由糖精取代。至于富油黄粑，只有在城里人和乡下的富裕人家里才能见到。“黄粑黄粑咪咪甜，看到看到要过年”，20 世纪 80 年代以前，每年入秋以后，儿时伙伴们就天天扳着指头算，天天唱这样的歌谣，盼望着过年，盼望着吃黄粑。过年了，人们走亲串户，桌上招待客人的第一盘便是黄粑。临走时，主人家还往客人的口袋里塞上一两个，让客人带回家慢慢品尝。哪家的黄粑红糖多，哪家的黄粑糯米多，哪家是富油黄粑，便成了春节期间人们茶余饭后的话题。

现在，富油黄粑已不再是富裕人家的专利，不再是逢年过节才能吃到的佳肴。农家院里，有事无事都可以做点儿黄粑。蜀南竹海周边地区，以至成渝的宾馆酒店，一年四季都供应着富油黄粑。一到夜晚，长宁县城和各乡各镇，“富油黄粑”的吆喝声更是此起彼伏。竹乡人背着背篼，送货上门，一元钱一个，人们足不出户就品尝到了热热火火、物美价廉、营养丰富的富油黄粑。

“富油黄粑，来一个！”

见报日期：2004.02.12

喝早茶

柳　萌

在北京的老作家中，有几位喜欢喝早茶，这当中首推邓友梅。友梅妻多年在香港工作，他作为家属，常去香港探亲，一来二去，生活方式也就有了港味儿。友梅喝早茶，有两个显著特点：一是定点儿，二是定食。至于有什么讲究，不详。所谓定点儿就是，非民族饭店，一般的都认为不正宗；所谓定食就是，除常吃的茶点，别的一概都觉得没味道。他喝早茶很有点谱儿。

别人喜欢喝早茶，是不是友梅带的，我不十分清楚，反正我头次喝早茶，是跟李国文去的，地方就是民族饭店。而这个地方正是友梅定的。那时叶楠还在世，他较我还早加盟，好像也是国文带去的。后来张洁也加入进来。这样我们五个人，从此就常相约，一起去喝早茶。搞现在时髦的AA制，哪天该轮到谁做东，就提前去占座位。很坚持了一段时间。

友梅喝早茶是生活习惯使然，别人喝早茶，大都是想借此机会见朋友，因为喝早茶比吃正餐时间从容，大家边聊天儿边随意选点食品吃，还是蛮有情致蛮有意思的。再说这会儿的物质生活，大多数人就是再不富裕，肚子里总还不算缺油水，吃的好坏已经不在话下。对于像我们这些有点年纪的人，友情相叙比之吃喝玩耍，在精神上似乎更觉得欣慰。这起码是一些老年人爱喝早茶的原因之一。

友梅为何这样喜欢民族饭店的早茶呢？据我从旁观察，并把民族饭店早茶同别的店家早茶比较，有两样是别处所欠缺的。一是用小推车送食品，既有情趣又可直观；二是食品的样多味正，很少有偷工减料。像友梅这样走南闯北，见过大世面的作家，在吃上自然也就要求高，他怎么好随便糊弄呢？何况这会儿的人，已经把吃当作文化，只要有条件的话，谁不想好好享受呢？

叶楠兄去世后，我们的五人茶座，从此也就不再。不过友梅自己还是喝早茶。常去的地方好像依然是民族饭店。

我家居住在亚运村，最近新开一家茶食店，营业时间从早七时到次日二时，我觉得很适合朋友一起聊天，日前就约了几位朋友，到这家茶食店喝早茶。这其中就有爱喝早茶的友梅兄。

这家店应该说也还是蛮有特点，例如营业时间比较长，例如茶水不要钱，对于一般顾客来说，我看还是挺有群众观点的，只是这特点不是太讲究，对于友梅和另一位茶友何镇邦，就显得多少欠了点儿档次。因为这二位在这方面比较讲究。至于另三位茶友张凤珠、杜高、刘锡诚，好像都属于我这样的人，茶点无所谓，能舒心畅快地聊天就好，所以那天的早茶，大家就推举友梅和镇邦二位，给大家具体安排茶食。友梅点广东茶点不看食谱，直接要这个要那个，熟悉程度连服务员都惊讶；茶水因是免费供应的，茶叶自然不会是好的，镇邦一看不上档次，马上跑回家去，拿来上等的好茶叶，用开水酽酽地沏了两壶，放在朋友们面前，一股清香气味立刻飘散室内。

这天的早茶，茶自然是没的说，茶点就很难说了，因为一算账才六十几元钱。临走时我问友梅印象如何，他只说“便宜，比民族饭店便宜多了”，底下的话他就未再说。我猜想，如果再说大概是“样子少，味道不地道”，或者干脆说“不怎么样”。由此我想到，生活的讲究与不讲究，大概就在于此。讲究的人是追求品位，随意的人是满足快乐，两者的区别有是有，但其本质上却都是一样，这就是对生活的热爱和执着。

见报日期：2004.04.29

潮州腐乳饼

咏 慷

采风来到粤东某部队，均为潮汕籍的后勤某旅许淑锐旅长、周道裕政委在闲谈时拿出一盒名叫“潮州腐乳饼”的小食品:“你尝尝看,是不是别有特色？”我一尝，果然是又柔又脆、甜而不腻、满口留香。这使我对源远流长的潮州食文化产生了浓厚的兴趣。

原来，潮州位于广东省最东端，地处韩江中下游，属亚热带海洋性季风气候。这里雨量充沛，终年常绿，四季宜耕。潮州市自东晋咸和六年（331年）开始建置，自古以来人文荟萃、英才辈出，素有“岭海名邦”“海滨邹鲁”的美誉，并在历史上有“十相留声”“韩愈治潮”等佳话。除韩愈外，唐宋时期的文天祥、陆秀夫、李德裕等历史文化名人也都曾在潮州留下过足迹。特别是文传千古的韩愈，因谏迎佛骨被贬来潮之后，虽然任潮州刺史仅有短短的八个月，但他在任期间大力重教兴学，“开岭峤儒风”，对潮州文化的发展做出了巨大的贡献，因而使这里的江被名为“韩江”、山被名为“韩山”。历代的人文鼎盛，孕育出了独具地方特色的潮州文化，像潮州菜、潮州音乐、潮剧、功夫茶等，都因其丰厚的文化底蕴而享誉海内外。

至于说到这闻名遐迩的潮州腐乳饼，还有一段颇为有趣的传说呢！那是清朝末年，潮州地界有一位专卖小食品的丁老板，他对所雇用的工人非常苛刻，经常借故不发给他们工钱。有一年，年关将至，丁老板又故伎重演。一位在他的制饼作坊打工的老师傅，想到已经好几个月没有拿到工钱了，眼下倘若又是不名一文，这个年头可怎么过去啊！老师傅越想越气，一天傍晚收工后，便将作坊里所有制作饼食的原料，像花生、芝麻、南乳、面粉、糖油、酒、白猪肉、蒜头……一股脑收拢起来，倒进一个大缸里，并使劲儿搅拌，然后收拾行装，忿忿地离开了丁老板家。没料想若干天后，丁老板的妻子打开作坊门，便蓦然闻到一股特殊的香味儿。她循着这股香味儿寻觅，找到那位老师傅为了泄私愤而将原料当作垃圾倒进的缸里面。于是，她遂将这缸里的原料做馅儿，制成饼食出售，生意竟出人意料地红火。后来，丁老板家便按照缸里原料的成分来制馅做饼。由于这种饼南乳（在潮州，南乳又称为红腐乳、红贡腐）的味道特别突出，因而便被称为“腐乳饼”。

听到了关于腐乳饼的传说，我又好奇地打听了它的制作。原来，腐乳饼的馅，是将糯米焗熟后，再用磨磨成幼粉，称为糕粉；此外，将花生仁炒香，碾成幼粒；将芝麻炒香；将白猪肉先用白糖腌过，然后切成幼丁。最后，将花生仁、芝麻、白肉丁放在大盆里，加入蒜头茸和整块儿的南乳，调入适量的大米酒、糖粉、糕粉，再加入适量的花生油或猪油，搅拌均匀，便成为腐乳饼的馅儿。至于腐乳饼皮，则是将面粉加入适量苏打、食用纯碱，用密筛筛过，然后加入油、糖油（即将白糖放入锅中，加少量水，用慢火溶成），用力搓揉即成。将制成的皮包上馅料后，用饼印印成形，饼面再刷上蛋浆，入焗炉焗五分钟即成。在焗的过程中，中间须将其拿出来，如同煎东西时须往锅里加点儿油一样，朝焗盘的盘底淋一点儿花生油。

腐乳饼的制作过程，显然有点儿复杂。这使我们想到生活中凡是好的东西、美的东西，都是得之不易的。

见报日期：2004.05.13

东北大酱

张红涛

每年的农历四月二十八，东北城镇乡村几乎家家户户都忙着自制一种大酱，名曰“下酱”。选择这一天，是因为气候、温度、光照，都能确保大酱里的毛霉菌正常而快速地发酵。

相传，下酱的传统起源于满族。至今，他们依然下“盘酱”，即在煮酱豆之前先将黄豆炒熟，其余做法与普通大酱没有太大出入。由于东北气温常年较低，不利于细菌繁殖，因而人们有生吃蔬菜的习惯，用茄子、芹菜，抑或海带蘸酱均不足为奇，各家的餐桌上更是少不了一大盘应时应季的“蘸酱菜”。用那些鲜嫩诱人、青翠欲滴的蔬菜，蘸上青花瓷碟中的金黄浓香的大酱，既开胃又可口，能吃下一碗饭的，至少还得再来一碗。东北人嗜酱如命。从前生活水平不高时，青菜小葱蘸酱权当主菜。而今一日三餐即使七碟八碗俱齐，但煎、炒、烹、炸少得，甚至东北的大炖菜少得，也绝少不了一碟咸香适口的大酱。

都说东北人性格粗豪，可体现在下酱上却有例外。那看似简单的下酱过程，实在是有很多技巧和秘诀可言。那里面既有代代相传的做法，又包含自我理解与适当的发挥。待炒豆、煮豆、绞豆和做酱块儿、封酱块儿及存放妥当后，直到农历四月二十八那天正式将酱块儿下置缸里，这一系列具体操作过程中，温度、湿度、力度的掌握，井水与自来水的选用，碘盐与非碘盐的区别，盐与水的比例等，都要把握得恰到好处，处理得一丝不苟，然后还得需要一位有耐心的专人，每天早晚两次坐在酱缸旁“打耙”“撇沫儿”。这个任务同样艰巨，不容忽视。至于雨天给酱缸盖盖儿，晴天撤盖儿，也不能疏忽。

东北人家，菜园口、庭院边儿，以及楼房的阳台内，常年都放置着一口酱缸。三九天也不必挪动，酱缸不会上冻，因为巨大的含盐量使得大酱在零下三十几摄氏度的严寒中依旧保持其黏稠的液体状态。衡量这家主妇是否能干，就是品尝她“亲手”下的大酱、腌的咸菜和做的豆包儿，尤其是品味那发透了的生酱的味道。山东人向以“大煎饼卷大葱蘸酱”津津乐道。而在东北，则换成了“大子就大葱蘸大酱”。玉米更能体现东北人的粗犷个性。一大锅伴着芸豆香气的大子，上面浮着鱼泡般的咸鸭蛋，再配以饭桌上翠绿可人的时鲜青菜，但最不能少的，是那盘香气四溢的鸡蛋酱。这样的场面你是不是迈不开步了？当然，好客的主人更会热情邀你入座。无须什么山珍海味，甚至没有炒菜，你却觉得这样的吃法与东北的自然与人文环境很对路。

东北大酱还是调味品。用它可以做酱茄子、酱豆角，还可以炒菜、蘸饺子。由东北迁到南方工作和生活的人，一回到故乡，最喜欢吃自己家刚从酱缸里舀出来的大酱——那久违的、原汁儿原味儿的酱香，令人迷醉。游子们带走的东西里，也少不了大酱。

每逢饭时，随意穿行于东北的寻常街巷，炸酱的香味儿不时飘来。在崇尚返璞归真的今天，蘸酱菜越来越为人们青睐。一位东北老乡说得好：家乡的变化真大，人的变化更是大，没变的就只有妈妈下的大酱了。

见报日期：2004.06.16

兰州吃面

苏连硕

兰州拉面是兰州风味小吃的总称，实际上围绕面的吃法多矣。初到兰州，在书法家胡培家里，主人招待我的当然也有一般地方的酒席，但酒喝得差不多的时候，每人端上了一碗热乎乎的面。胡培夫人说，吃碗臊子面，常来常往。

碗中隆起一个小丘。上面是浇的汁，肉末、青菜、豆腐、西红柿、辣椒等。汁汤汪汪漾漾地泡着长长的圆圆的面条。将筷子在碗里拌了几下，便烫也不顾辣也不顾地吸溜吸溜地吃了起来。简直是狼吞虎咽。吃这种面不要斯文地像矫揉造作的摩登小姐那样矫揉造作地吃。必须如恶虎一般大口大口地饕餮。像吃火锅一样，一会儿就大汗直流蒸腾起热气来。那才叫痛快淋漓。

嫂夫人说，爱吃，看哪天咱们上张掖路上去吃正宗的兰州拉面。我就一直渴盼着这一顿的到来。这一天，我们相约乘公交车来到了这正宗兰州拉面的所在。

嫂夫人早到这里买票挨个了。马子禄牛肉拉面馆。两层，中外都有，人满满的。都在占座，不时巴望着排队的同伴。我们占了一张桌。妻和嫂子一起在排队。这时，我沿着餐厅转了一过。这老板很会做买卖，很懂得名人广告效应，将诸多名人的题字都分别放大，装在有机玻璃的镜框里，悬挂在墙壁上。

男士大碗，女士小碗。面条分细、二细、毛细不等，形状有大宽、韭叶形、圆条各异。我的辣椒搁得最多。满满的一大碗又一大碗兰州拉面端过来了。没等我问，嫂子即解释开了。一清（汤清不浊）二白（面条白净）三绿（青菜）四红（西红柿、辣椒）。嫂子又要了一盘刀切酱牛肉。忒烂。分夹到各碗。可能知道我个子高大，是个吃主，既是大碗，又多片了好几片牛肉，浇了点儿醋，便兴冲冲吞嚼了起来。不吃不知道，吃了真奇妙。那口感、味感，甚至嗅感，一并感觉香香的。这与在各地吃到的挂着牌子的兰州拉面比，真个不一样。我想这算作真正正宗的兰州牛肉拉面了。据说，还有一家，叫做“金鼎牛肉拉面”的堪与此家并驾齐名。

饕餮大嚼，连汤也倾碗喝尽了。真愿意再舀点儿汤来喝。欲走，我说，稍等。待我看上一看和面、拉面师傅。据当地人讲，兰州拉面之所以正宗，是因为和面须用烧过的蓬灰，而不是外地的用盐用碱，才有这样独特的嚼头。我隔窗看不出具体和面的过程，不能探其虚实。这里三个穿白大褂的小伙子，一个负责切重量相等的面，两个分别拉出粗细各异的条。简直太神奇了。那么大一块面拿在手里，只轻柔地一拉再拉，便“条分缕析”地拉出来了。

这样便宜、这样好吃、这样正宗的兰州面，半个月竟没有吃够吃腻。

见报日期：2004.10.21

赣南客家豆腐渣片

陆伦源

在赣南许多客家人的日常生活里，豆腐渣片是一种四季常备的传统食品，这其中又以赣县白鹭乡的最有名。

人生的智慧往往体现在生活小事上，它们让原本平淡的日子显出别具心裁的创意。大概是豆腐渣这种东西很不被人看重，所以豆腐渣片具体出现在什么年代，并没有准确的记载。人们在品尝它时，偶尔向老人打听豆腐渣片的来历，老人也只能够把自己听说的情况再转述一二：很久以前，遇上一个不好的年景，生活在赣南的一些客家人眼看现成的食物越来越少，开始留心起其他替代品，以备不时之需。平时被看作不值钱的豆腐渣，这时也让有心人动上了脑筋，经过一番加工，原来难以下咽的豆腐坊下脚料，竟然成了一种味道不错的食物。有了这样的发现，那些原来弃之而不可惜的豆腐渣，就被利用起来，赣南客家人的日子里不仅多了一些新的滋味，更多了一些应对困难时期的物质准备，生活里自然多了许多的踏实和从容。

今天赣南客家人餐桌上的豆腐渣片，既是许多人家早上的下饭菜，又是一些人最喜欢的下酒菜，还是不少家庭招待客人的风味食品。与北方人家的“粗粮细作”一样，把不好吃的豆腐渣变得可口，不仅需要心灵手巧，而且需要花费精力。

赣县白鹭乡豆腐渣片的制作，在讲究精细的同时还注重保持传统风味。客家人一般是在做完豆腐以后，把沥尽白浆的豆腐渣先放在锅里炒干水分，然后装入竹篮盖上纱布，让豆腐渣在合适的温度下受热发酵。三天后，原本又粗又硬的豆腐渣变得细软滑润，并且有一股淡淡的酒香。这个时候，按照不同需要加入作料，搅拌均匀即可。一般来说，精盐、茶油和辣椒粉是少不了的。然后就可以随意将它们捏成团块，再放入竹篮晾干。白鹭人喜欢把豆腐渣团块切成薄片，放入油锅慢慢地煎透，这样吃起来感觉酥香爽口，果然是一种独特的风味食品。当然，把豆腐渣片切成丝，既可以和辣椒干、腊肉一起炒，也可以用来清炖，成为一道道上得桌、待得客的佳肴，谁吃了都会觉得胃口大开，回味不尽。

对于那些吃惯了山珍海味、油腻荤腥的人来说，尝一尝这豆腐渣片，也许会意外发现世间的美味其实往往不在于价钱的高低，进而体味出一些饮食当中所蕴含的道理。苏东坡说过，人生有味是清欢。那么我们完全可以把平常的生活，甚至把充满艰辛的日子过得有滋有味，过得快乐而自在。当然，这一切需要我们去用心、去尽力。

豆腐渣片的鲜美味道，伴随着赣南客家人走过了许多岁月，也启发了他们一代又一代人对生活的思考，并从中去发现人生的智慧。

见报日期：2004.10.23

兰州浆水

许　锋

浆水不是一般的水，也不是饮料，更不是什么时髦的、含有先进科技成分的东西，它只是家庭主妇们拿手的一种绝活，只是这个季节兰州万家灯火中的一道风景，只是男女老幼鼻翼间的一股清凉、一抹鲜香。

浆水是酸的，不像醋那么强硬，不像酸奶那么厚实，它的酸中有一股清淡，有一股质朴，再加上细碎的香菜叶儿，再加上大粒的花椒果，不要说喝了，只是闻一闻，就已经让人垂涎三尺，来不及细细咂摸，而是一口气喝个“水饱”。

浆水好喝，做起来却没那么简单，甚至很“繁琐”。城里的家地方小，摆不下大盆大缸，就是有足够大的地方，也不能做足够多的浆水，否则，一时喝不了，大约就要被无孔不入的细菌蚕食了。于是，一次只能做一点儿。每次做浆水菜前，是要到菜市去选菜的，之所以说成选，因为菜的成色决定浆水的成色。做浆水的菜也因不同人的喜好而有所不同，有芹菜，有白菜，也有萝卜，还可以是各种蔬菜相混合。听人说萝卜和葱相混杂的浆水，色、香、味俱佳，我却没有品尝过，也是一种遗憾。

菜选回来，去掉不该要的，用清水冲洗干净，再把菜叶或菜秆放入有浆水酵子的坛坛罐罐中，加入开水，或者煮过手工面条的汤，用木质的叉子或筷子搅拌均匀，然后将口子密封，让它继续发酵。之后大约一天，最长不超过三天，看老天的脸色而定，去掉盖子时，就已经有缕缕清香往鼻孔里钻了。嘴馋的先舀一口尝尝，那酸酸的味道真是格外惬意。不过最好不“生”喝，倒入锅里煮开，然后放凉。讲究口味的同时，更要注意卫生不是？

说到酵子，也不是市场上能买到的，或者是我孤陋寡闻。它仍是一种自给自足的东西，关键是利用好炎热的天气所产生的力量，用专业一点的词语就是一种生物化学反应。

如今兰州人也学“精明”了，除了饭桌上享用，有的人也提前把煮熟的浆水装进不大不小的瓶子，然后放到冰箱的冷藏室里，等下午上班时，手上一提，热时来上几口，感觉真是美极了。

只有家庭里飘荡着浆水的味道，这似乎不够壮观。其实这个季节的兰州，满大街都是浆水，高档的酒楼有，一般的饭馆也有，甚至有的老奶奶闲着无事，也把精心做好的浆水装进袋子拿到市场上去卖。

于是，你去饭馆吃饭，饭前要一碗浆水或者饭后来一碗浆水，或者连喝几碗，那是不要钱的，套用鲁迅先生的一句话，浆水本来不值钱，因为喜欢的人多了，所以就有了准备。大热的天，在兰州，如果哪一家饭馆连一碗浆水都没有，那是要大跌眼镜的。

因为有了浆水，所以就有了浆水菜、浆水面、浆水馓饭、浆水搅团，或者还会有浆水饺子、浆水馄饨也保不准；因为有了浆水，家庭主妇们沾沾自喜，老少爷们儿自豪满足，上班有劲儿，干活精神，然后天儿不再那么难熬，夏天很快就会过去；因为有了浆水，城市的钢筋混凝土和栅栏一样的门窗也柔和与生动起来，你家没有了从我家舀，我家没有了去你家“借”，楼道里满是欢声笑语。

这个季节的兰州，于是就充满了一股香。

见报日期：2004.11.06

济宁甏肉

荆培运

但凡小吃，一进山东地界，就成了大吃；若是进了山东济宁地界，则成巨吃。

2000年，亚洲某发达国家一教育访华团到济宁一所初中参观，宾主搞了场拔河友谊赛。客队队员最小的也是高中生，主队则是清一色的初中生，结果，主队的几个小毛孩，轻轻一拽，便将客队拽将过来，很争了一口气。当年梁山（在山东济宁境内）“智多星”吴用去联络阮氏三雄，要劫那生辰纲。三雄待客，张口就叫店小二把那“花糕也似好肥肉”“大块切十斤来”。如今济宁一样“小”吃，颇有水浒遗风，这就是甏（bèng，音蚌）肉。朝夕晨昏，大街小巷，常见济宁少年，三五成群，粗头大脑，小桌旁，一碗米饭，大块甏肉，风卷残云，一揽直下，直吃得壮汉模样。无怪乎那帮外国朋友要输。

甏者，大缸也。电视剧《水浒传》主题歌《好汉歌》，系以当地民谣《锔大缸》为基调，大缸即甏也。他乡以大缸盛水，此地以大缸煮肉，足见食风之豪迈。取大缸一口，放入高汤一大桶，每块半斤左右带皮五花猪肉若干，豆腐皮、面筋、海带卷、扁尖、剥皮熟鸡蛋等若干，加黄酱、桂皮、茴香等，泥灶柴炭烂炖之，即成甏肉。取此肉、汤浇拌大米干饭，即成当地人称“甏肉干饭”。劳作饥乏，来一大碗，好生有气力。余居济宁近十年，好此不疲。

考据一下，此种“小”吃，原是站码头扛大包引车卖浆者的食物，非文人雅士所好，也非讲苗条要曲线的人所爱，但它量大实在，不哄人肚皮，符合山东人的脾性，因而风靡不衰。济宁男女老少，爱不释口。某日，余偶至书店，见“初中读物”架下，有一巨人，埋头看书，以为是家长在替孩子挑书。及至照面，竟是个小孩。当时吃那一惊，心想，将来奥运摔跤冠军，非此人莫属了。及至过马路时，又碰上两个更大号的，乃悟：雄壮剽悍自饭桌始，食风即民风也。碧藕红莲，育秀士美女；烈酒羔羊，出马背英雄。大碗喝酒，大块吃肉，本是水浒好汉的“勾当”。余于甏肉，依稀窥见好汉的影子了。

见报日期：2004.11.19

编后记：《多味斋》里有真味

周舒艺

中国是一个有着深厚饮食文化的国度。

对于这个有着五千年悠久历史的古老国度来说，饮食文化，从来不仅仅是指“吃”如此简单，而是一件颇让人思量、颇值得书写的事情。

于是，《人民日报》副刊《大地》于20世纪90年代开设了《多味斋》这个栏目——顾名思义，刊发有关饮食文化的各种文字。本书选编的即1998年至2004年之间该栏目所刊发的部分文章。

那么，当我们谈论起饮食文化时，究竟在谈论什么？

饮食文化，沾满着生活里浓浓的烟火气。用今天流行的一个词，就是“接地气”。说到生活，人们常说“衣食住行”，而这四样里，离开了衣、住、行，人类都可以生存，唯独离开了“食”，人类将无法生存。生活的一项重要内容便是吃上食物，生活质量高低的重要标准之一便是吃的丰富与否。譬如这本书里所写到的美味，土豆、红薯、黄糕、葱饼、大酱、竹笋、米粥、油糍、南瓜面、油煎包……哪一样不是与我们的日常生活相生相伴的呢？在细碎的日子里，人们发明出了这些美食，靠着它们挨过一个又一个难熬的岁月，并久久地回味于当中所带来的快乐。今天，当人们抱怨有的文艺作品越来越远离生活时，这些有关美食的文字，让我们感受到的不正是挥之不去的生活的烟火气？

饮食文化，蕴含着深深的人情味道。食物的味道，大概无外乎酸、甜、苦、辣、咸这几种。但若认为只有这几种又是过于简单了。这些，不过仅仅是味觉上的体验，隐藏在美食更深处的，是人生的味道，是世道人情的味道。美食里，或是有一段人生故事的回忆，譬如老作家柳萌的那篇《喝早茶》，讲述了自己和作家朋友们喝早茶、吃茶点的故事。这里头，去哪里吃，吃什么，参加者的变化，“讲究的人是追求品位，随意的人是满足快乐”，说起来都是一段段有趣的故事。或者弥漫着挥之不去的情感记忆，譬如老画家董其中在《莜面烤饹饹》里，说到莜面烤饹饹这种美食之所以给他留下深刻的印象，是因为“在遭受三年严重困难之后，在农家竟能吃到这样的美食，……更使我看到了山里老乡那颗纯真无瑕的心”，“我每每吃莜面烤饹饹时，仿佛一次次把我带到了吕梁山区，走进沟里人家，感受老乡那火一样的热情”。

饮食文化，连接着独特的地域文化。《湘西粉糍粑》一文里就说道，粉糍粑是“湘西一味独特的吃食”，也是“湘西人八月十五送礼必备的礼物”——“在湘西，尤其是在湘西辰溪一带农村，有这样一个风俗，八月十五那天，不管是结了婚的还是未曾结婚的男人，都要去给岳父或未来的岳父送上一份礼（当地人叫送篮）。礼物中，除了烟糖酒肉之类，还有一样礼物不可少，那就是粉糍粑。少了，对方就会不高兴，甚至让你吃闭门羹。有一个后生送礼那天买了一百个包子替代粉糍粑，结果，被未婚妻堵在门外不让进屋，后生只好返回家去，从邻居那里买了一百个粉糍粑再给送去，未来的岳父一家这才去掉满脸的不快，敞开了大门。”还有水席与兼收并蓄的中原大地，狮子头与繁华精致的淮扬之地，大酱与盛产大豆的东北平原，功夫茶与养生乐道的潮汕风气……一方水土养育着一方的美食，一方美食也彰显着一方水土。

饮食文化这个话题，可以很小，小到不屑一顾、无足挂齿，但也可以很大，大到写入历史。于是，那些关于美食的诗句“蒌蒿满地芦芽短，正是河豚欲上时”“日啖荔枝三百颗，不辞长作岭南人”……流传千古至今；当代名作家汪曾祺等人写过的谈美食的文字，被今天的人们一次又一次拿来赏析；还有近几年播出的纪录片《舌尖上的中国》，更是引发了意想不到的火爆收视率和话题效应。

作为编者，我们不求有那么大的轰动，更不求几篇美食小品即能成为传世经典，只愿读者能从这些短小的文章里，品出些许真味——这真味，也许是生活的烟火气，也许是人情的味道，也许是地域的文化。若如此，作为这本小集的编者，真是有着莫大的欣慰。

已出版图书目录

一、精品栏目荟萃

《副刊面面观》

《心香一瓣》

《纽约客闲话精选集　一》

《多味斋》

《文艺地图之一城风月向来人》

二、个人作品精选

《踏歌行》

《家园与乡愁》

《我画文人肖像》

《茶事一年间》

《好在共一城风雨》

《从第一槌开始》

《碰上的缘分》

《抓在手里的阳光》

本书所收文章，由于年代久远，有些作者难以联系，请见到此书的作者，与编者直接联系。谢谢。

编者邮箱：yz5521@163.com